1911 Novembre 6

Vente des 6 au 9 Novembre 1911

(HOTEL DROUOT)

COMMISSAIRE-PRISEUR : Me PIERRE DOBIGNARD

CATALOGUE

DE

LIVRES MODERNES

ET

DE QUELQUES LIVRES ANCIENS

LIVRES ILLUSTRÉS DE L'ÉPOQUE ROMANTIQUE
BEAUX LIVRES MODERNES ILLUSTRÉS
OUVRAGES RELATIFS AUX BEAUX-ARTS, A L'HISTOIRE DE PARIS
A LA BEAUCE, A L'ORLÉANAIS, ETC.
ESTAMPES

COMPOSANT LA BIBLIOTHÈQUE DE M***

PARIS
LIBRAIRIE HENRI LECLERC
219, RUE SAINT-HONORÉ, 219
ET 16, RUE D'ALGER

1911

CATALOGUE

DE

LIVRES MODERNES

M

LA VENTE AURA LIEU

Du Lundi 6 au Jeudi 9 Novembre 1911

A 2 heures précises

HOTEL DES COMMISSAIRES-PRISEURS, 9, RUE DROUOT

SALLE N° 10

Par le ministère de Mᵉ **PIERRE DOBIGNARD**, commissaire-priseur

42, RUE TRUFFAUT (XVIIᵉ)

Assisté de **M. HENRI LECLERC**, libraire

219, RUE SAINT-HONORÉ, 219
ET 16, RUE D'ALGER

CONDITIONS DE LA VENTE

La vente se fait au comptant.

Les acquéreurs paieront 10 pour 100 en sus des enchères.

Les livres vendus devront être collationnés dans les vingt-quatre heures de l'adjudication. Passé ce délai, ils ne seront repris pour aucune cause.

M. LECLERC se réserve la faculté, dans l'intérêt de la vente, de réunir ou de diviser les numéros du catalogue. Il remplira les commissions qu'on voudra bien lui confier.

Les Estampes (nᵒˢ 763 à 785) seront mises sur table par M. LOYS DELTEIL, ARTISTE GRAVEUR, EXPERT, 2, rue des Beaux-Arts.

Tous les livres BROCHÉS de ce catalogue possèdent leurs couvertures (soit imprimées soit illustrees), à moins d'indication contraire.

CATALOGUE

DE

LIVRES MODERNES

ET

DE QUELQUES LIVRES ANCIENS

LIVRES ILLUSTRÉS DE L'ÉPOQUE ROMANTIQUE
BEAUX LIVRES MODERNES ILLUSTRÉS
OUVRAGES RELATIFS AUX BEAUX-ARTS, A L'HISTOIRE DE PARIS
A LA BEAUCE, A L'ORLÉANAIS, ETC.
ESTAMPES

COMPOSANT LA BIBLIOTHÈQUE DE M***

PARIS
LIBRAIRIE HENRI LECLERC
219, RUE SAINT-HONORÉ, 219
ET 16, RUE D'ALGER

1911

I. — LIVRES ANCIENS.

1. ADAM (Billaut). Le Vilebrequin de Me Adam, menuisier de Nevers, contenant toutes sortes de poésies gallantes, tant en sonnets, épistres, épigrammes, élégies, madrigaux, que stances et autres pièces autant curieuses, que divertissantes, sur toutes sortes de sujets. *A Paris, chez Guillaume de Luyne,* 1663, pet. in-12 de 528 pages, mar. rouge, fil., dos orné, dent. int., tr. dor. (*Amand*).

2. BERQUIN. Idylles, par M. Berquin. *Paris. Ruault,* 1775, 2 tomes en 1 vol. pet. in-8, mar. bleu, fil., dos orné, dent. int., tr. dor. (*Amand*).

   1 frontispice dessiné et gravé par *Marillier* et 24 figures par *Marillier*, gravées par *Gaucher, de Ghendt, Le Gouaz, Delaunay, Lebeau*, etc.
   On y a ajouté les figures doubles suivantes, coupées au cadre et remontées : 1re partie, les figures 1, 5, 6, 8, 9, 10 et 12 ; 2e partie, les figures 2, 3, 5, 8, 9.

3. BLANCHET (L'abbé Fr.). Apologues et contes orientaux, etc. Par l'auteur des Variétés morales et amusantes. *A Paris, chez Debure fils aîné,* 1784, in-8, portr., basane marb., tr. roug. (*Rel. anc.*).

   Portrait de Blanchet, gravé par *A. de Saint-Aubin.*

4. CALLOT (Jacques). Les misères et les malheurs de la guerre, représentez par Jacques Callot, noble lorrain et mis en lumière par Israël son amy. *A Paris,* 1633, 18 pl. en 1 vol. in-4 oblong, demi-rel. bas. rouge.

   Réimpression sur papier vélin jaune.
   On y a joint 4 planches Gueux et mendiants.

5. CARTA del teatro della guerra in Italia divisa secondo i nuovi confini; disegnata su le piu recenti osservazioni do E. Bouchard ed incisa da F. Muller, 1799. *A Vienna, presso Artaria et Comp.*, in-fol. en 4 feuilles collées sur toile et pliées, dans un étui.

6. DES PORTES. Les premières œuvres de Philippes Des Portes; au roy de France et de Pologne ; reveues, corrigées et augmentées outre les précédentes impressions. *A Paris, par Mamert Patisson,* 1583, pet. in-12, mar. rouge, fil., dos orné, dent. int., tr. dor. (*E. Niedrée, 1845*).

Bonne édition imprimée en caractères italiques.
Exemplaire aux armes du marquis de Coislin.

7. DUPLESSI BERTAUX (J.). Recueil des principaux costumes militaires des armées alliées, auxquels seront joints les uniformes des troupes françaises. *Paris,* 1816, in-4, demi-rel. chagrin vert, ébarbé.

Recueil de tout ce qui a paru, comprenant 3 livraisons de texte et 36 planches, gravées à la manière du lavis par *J. Duplessi Bertaux* et coloriées.
Elles représentent des costumes militaires russes, anglais et prussiens.
Une couverture de livraison sert de titre.
Bel exemplaire très frais.

8. ETAT de la forest de Cuise, dite de Compiègne, avec les carrefours qui sont dans ladite forêt, faits pour donner les rendez-vous de chasse ; divisez par gardes et triages ; avec les noms des routes qui tombent dans lesdits carrefours, et celles qu'il faut suivre pour aller ausdits carrefours... *(Paris), de l'Imp. de J.-F. Collombat,* 1749, in-8, de 32 pp., carte, broché.

9. LABORDE (Cte Alexandre de). Voyage pittoresque et historique de l'Espagne, par Alexandre de Laborde et une société de gens de lettres et d'artistes de Madrid, dédié à S. A. S. le prince de la Paix. *A Paris, de l'Imp. de Pierre Didot l'aîné,* 1806-1820, 4 vol. très gr. in-fol. cartonnés, non rognés.

Exemplaire bien complet.

10. LABORDE (Cte Alexandre de). Les Monumens de la France classés chronologiquement et considérés sous le rapport des faits historiques et de l'étude des arts ; les dessins faits d'après nature par MM. Bourgeois et Bance. *A Paris, de l'Imp. de P. Didot l'aîné,* 1816-1836, 2 vol. tr. gr. in-fol., cartonnés, non rognés.

Exemplaire bien complet.

11. MONSTRELET. Volume premier (second et troisiesme) des chroniques d'Enguerran de Monstrelet, contenant les cruelles guerres civiles entre les maisons d'Orléans et de Bourgogne, l'occupation de Paris et Normandie par les Anglois, l'expulsion d'iceux, et autres choses mémorables advenues de son temps en ce royaume, et pays estranges. *A Paris, chez Pierre L'Huillier*, 1572, 3 tomes en 1 fort vol. in-fol., veau marb., fil., milieu orné, tr. jasp. (*Rel. anc.*).

Belle édition revue par Denys Sauvage et continuée jusqu'en 1516. Grand ex-libris de Pierre Daniel Huet évêque d'Avranches à l'intérieur du volume.

Les gardes du volume sont modernes.

12. MONTAIGNE. Les Essais de Michel, seigneur de Montaigne. Nouvelle edition exactement purgée des défauts des précédentes, selon le vray original, et enrichie et augmentée aux marges du nom des autheurs qui y sont citez, et de la version de leurs passages grecs et latins; avec des observations très importantes et nécessaires pour le soulagement du lecteur. *A Paris, chez Denis Béchet et Louis Billaine*, 1657, in-fol., veau marb., dos orné, tr. rouges (*Rel. anc.*).

Exemplaire de Monmerqué auquel on a ajouté deux portraits de Montaigne par *Saint-Aubin* et *Le Beau* et un fac-simile d'autographe de Montaigne.

13. NÉEL. Le voyage de Saint-Cloud par mer et par terre. *A La Haye aux dépens de la Compagnie*, 1748, pet. in-12, parchemin blanc (*Rel. anc.*).

Première édition.

14. PASCAL. Les Provinciales ou Lettres écrites par Louis de Montalte (Blaise Pascal), à un Provincial de ses amis et aux RR. PP. Jésuites, sur le sujet de la morale et de la politique de ces Pères. *A Cologne, chez Pierre de la Vallée*, 1657, pet. in-12, cartonn. vélin blanc, tr. rouges (*Rel. mod.*).

Imprimé par Louis et Daniel Elzévier, d'Amsterdam.

15. PASQUIER (Étienne). Les Recherches de la France d'Estienne Pasquier, augmentées en ceste dernière édition de trois livres entiers, outre plusieurs chapitres entrelassez en chacun des autres livres, tirez de la bibliothèque de l'autheur. *A Paris, chez Olivier de Varennes*, 1633, in-fol., portrait gravé, demi-rel. veau vert, dos orné, tr. rouges (*Rel. mod.*).

Nombreuses notes au crayon sur les marges.

16. PICOT (Antoine), baron de Puiset. Raillerie universelle, dé-

diée à Monseigneur l'Éminentissime cardinal duc de Richelieu. Seconde édition. *A Paris, chez Pierre Targa*, 1635, pet. in-8 de 22 ff. prél., 56 pag. et 2 ff. de privilège, demi-rel. chagrin bleu, tr. jasp. (*Rel. mod.*).

A. Picot, baron de Puiset, était grand-maître des eaux et forêts de Languedoc.
Exemplaire court de marges.

17. PLUTARQUE. Les Hommes illustres grecs et romains, comparez l'un à l'autre par Plutarque de Chéronée. De la version de grec en françois par Jacques Amyot. Avec addition en cette édition dernière, d'amples sommaires sur chaque vie, d'annotations en marge et de table des matières; de figures en taille-douce des hommes illustres, tirées des médailles antiques, et d'une chronologie marquant le temps de leurs vies. Revcue et corrigée par M. de La Serre. *A Paris, chez Ant. Robinot*, 1645-1648, 2 vol. in-fol., mar. rouge, comp. de fil. avec semis de fleurs de lis, dos fleurdelisé, tr. dor. (*Rel. anc.*).

Des armoiries ont été découpées sur les plats de la reliure et remplacées par un morceau de maroquin et les fleurs de lis des bordures sont, en partie, effacées.

18. RABELAIS. Les Œuvres de François Rabelais, augmentées de la vie de l'auteur et de quelques remarques sur sa vie et sur l'histoire: avec l'explication de tous les mots difficiles; et la clef nouvellement augmentée. *S. l.*, 1675, 2 vol. pet. in-12, mar. rouge, fil., dos orné, tr. dor. (*Amand*).

19. RECUEIL DES MEILLEURS CONTES EN VERS. *Londres* (*Paris, Cazin*), 1778, 2 vol. in-18, mar. rouge, fil., dos orné, dent. int., tr. dor. (*Rel. anc.*).

Tomes III et IV de ce recueil connu sous le nom de *Petits Conteurs*; ils sont ornés des charmantes vignettes de *Duplessi-Bertaux*.

20. REGNIER. Les Satyres et autres Œuvres du sieur Regnier. augmentés de diverses pièces cy-devant non imprimées. *A Leiden, chez Jean et Daniel Elsevier*, 1652, pet. in-12, mar. orange, fil., dos orné, dent. int., tr. dor. (*Amand*).

Imprimé par Jean et Daniel Elsévier.
L'exemplaire est court de marges et le titre a la marge du bas refaite.

21. ROYAUMONT (De). L'Histoire du vieux et du nouveau Testament représentée avec des figures et des explications édifiantes, tirées des saints Pères, pour régler les mœurs dans toute sorte

de conditions. *A Paris, chez Pierre Aubouyn*, 1696, in-4, veau marb., fil., dos orné, tr. rouges (*Rel. mod.*).

On y a joint le titre de l'édition de 1671.

22. TERNISIEN D'HAUDRICOURT. Fastes de la nation française. *A Paris, chez Decrouan, s. d.*, 3 vol. in-4, demi-rel. mar. rouge à longs grains, tr. dor. (*Rel. de l'époque*).

2 titres, 2 frontispices et 206 planches avec texte gravé.

23. TRESSAN (de). Histoire du petit Jehan de Saintré et de la dame des belles-cousines, extraite de la vieille chronique de ce nom. Edition ornée de figures en taille-douce dessinées par M. Moreau le jeune. *A Paris, de l'Imp. de Didot jeune*, 1791, in-18, mar. rouge, comp. de fil. et dent., dos orné, doubl. et gardes de tabis bleu, dent. int., tr. dor. (*Rel. anc.*).

4 figures par *Moreau*, gravées par *Dambrun*, *Halbou* et *de Longueil*.

II. — LIVRES MODERNES ILLUSTRÉS

24. ABOUT (Edmond). Le nez d'un notaire. *Paris, Calman-Lévy*, 1886, in-16, mar. grenat, grande fleur mosaïquée sur le premier plat, dos orné et mosaïqué, tr. dor. sur brochure, couvert. (*Champs*).

Un des 25 exemplaires (n° 6) imprimés sur PAPIER DU JAPON. Il est orné sur le faux-titre, le titre et dans les marges de 50 AQUARELLES et DESSINS ORIGINAUX de HENRY SOMM.

On y a ajouté la suite du frontispice, des 6 en-têtes et des 6 culs-de-lampe, dessinés et gravés par Géry-Bichard, épreuves avant la lettre, tirées sur Japon.

25. ADAM (Madame). La Chanson des nouveaux époux. Edition ornée d'un portrait et de dix eaux-fortes. *Paris, L. Conquet*, 1882, in 4, en feuilles, dans le cartonnage de publication.

Un des 100 exemplaires (n° 53) imprimés sur PAPIER DU JAPON, contenant les eaux-fortes en deux états : AVANT la lettre avec remarque, et avec la lettre.

26. ADAM (Madame). Récits d'une paysanne. Illustrations de G. Fraipont. *Paris, Jules Lemonnyer*, 1885, 1 tome en 2 vol. in-8, brochés.

Exemplaire (n° 129) sur PAPIER VÉLIN à la forme contenant un TIRAGE A PART, en bistre, de toutes les vignettes.

27. ADELINE (Jules). La Légende du violon de faïence. Huit compositions gravées à l'eau-forte par l'auteur. *Paris, L. Conquet*, 1895, pet. in-8, cartonn. dos et coins mar. violet, tête dor., non rogné, couvert. illust. (*Champs*).

Exemplaire (n° 183) imprimé sur papier vélin du Marais à la forme; offert par l'éditeur à M. Jacob.

28. AICARD (Jean). Don Juan ou la comédie du siècle. Compositions hors texte de Jean-Paul Laurens et E. Vidal. Dessins dans le texte de L. Montégut. Gravures de Champollion, Delavallée, Baud. *Paris, Dentu, s. d.* (1893), in-4, broché.

29. ALBANÈS (A. d') et PRATH (Georges). Les Nains célèbres depuis l'antiquité jusques et y compris Tom-Pouce, illustrés par Edouard de Beaumont. *Paris, Gustave Havard, s. d.* (1845), pet. in-8, dos et coins mar. citron, tête dor., non rogné, couvert. (*Champs*).

PREMIER TIRAGE.
La couverture porte la date de 1846.

30. ALBUM MARIANI. Figures contemporaines tirées de l'album Mariani. Portraits, biographies, autographes. *Paris, Richard et Floury*, 1894-1906, 10 vol. gr. in-8, brochés.

Nombreux portraits gravés à l'eau-forte par *Lalauze, Desmoulins, Dautrey, L. Boisson*, etc., etc.
Exemplaire imprimé sur papier teinté d'Arches.

31. ALLOM (Thomas). La France au XIXe siècle, illustrée dans ses monuments et ses plus beaux sites ; dessinés d'après nature par Thomas Allom ; avec un texte descriptif par Charles-Jean Delille. *Paris et Londres, s. d.*, 3 vol. in-4, cartonn. toile bleue, fers spéciaux, tr. dor. (*Cartonn. de publication*).

96 planches gravées sur acier.
Cartonnage très frais.

32. ANGLAIS PEINTS PAR EUX-MÊMES (Les), par les sommités littéraires de l'Angleterre. Dessins de Kenny Meadous. Traduction de M. Emile de Labédollière. *Paris, L. Curmer*, 1840-1841, 2 vol. in-8, cartonn. demi-toile grise, non rognés (*Pouillet*).

PREMIER TIRAGE.

33. ARAGO (Jacques). Souvenirs d'un aveugle. Voyage autour du monde. Nouvelle édition illustrée de vignettes, portraits et gravures dans le texte. Tome I seul. *Paris, Lebrun, s. d.* (1843), in-8, cartonn. toile verte, grande plaque dor. — PRÉVOST (J.-J.). L'Irlande au dix-neuvième siècle. *Paris, Curmer*, 1845, in-4, 62 planches sur acier et une carte, chagrin bleu, grande plaque dorée et à froid, tr. dor. — SIVRY (L. de). Rome et l'Italie méridionale, promenades et pèlerinages. *Paris, Belin-Leprieur, s. d.*, in-8. 15 vues gravées sur acier, chagrin rouge, grande plaque dorée, tr. dor. — Ens. 3 vol.

Reliures des éditeurs.

34. ARIOSTE. Roland furieux, traduction nouvelle et en prose par

M.-V. Philippon de La Madelaine. Edition illustrée de 300 vignettes et de 25 magnifiques planches, tirées à part sur Chine, par MM. Tony Johannot, Français et C. Nanteuil. *Paris, J. Mallet et Cie*, 1844, gr. in-8, dos et coins mar. rouge, tête dorée, ébarbé.

Premier tirage.

35. ARIOSTE. Roland furieux. *Paris, J. Mallet et Cie*, 1844, gr. in-8, chagrin rouge, grande plaque dorée sur les plats, dos orné, tr. dor. (*Rel. des éditeurs*).

Même édition.

36. ARMENGAUD (J.-G.-D.). Les Reines du monde, par nos premiers écrivains. Ouvrage publié sous la direction de M. J.-G.-D. Armengaud. *Paris, Lahure et Cie*, 1862, in-fol., demi-rel. mar. vert, tête dor., non rogné.

Nombreuses gravures sur bois hors texte et dans le texte.

37. ARNOULD et ALBOIZE DU PUJOL. Histoire de la Bastille, depuis sa fondation, 1374, jusqu'à sa destruction, 1789. Ses prisonniers, ses gouverneurs, ses archives, détails des tortures et supplices usités envers les prisonniers, etc. Magnifique édition illustrée de gravures sur acier exécutées par nos premiers artistes. *Paris, Administration de librairie*, 1844, 8 vol. gr. in-8, brochés.

Orné de 32 planches gravées sur acier et d'un plan de la Bastille.

38. ARTAMOF (Piotre). La Russie historique, monumentale et pittoresque ; avec la collaboration de M. J.-G.-D. Armengaud. *Paris, Imp. de Lahure et Cie*, 1862-1865, 2 vol. gr. in-4, dos et coins mar. vert, tête dor., ébarbés.

Nombreuses figures dans le texte gravées sur bois.

39. ASSELINEAU (Charles). L'Enfer du bibliophile. Six pointes sèches par Léon Lebègue. *Paris, Lib. Conquet, L. Carteret*, 1905, in-8, broché.

Exemplaire imprimé sur papier Whatman offert par l'éditeur à M. Jacob ; contenant les pointes sèches en deux états : en noir et en couleurs.

40. AUTREFOIS OU LE BON VIEUX TEMPS. Types français du 18e siècle. Texte par MM. Audebrand, R. de Beauvoir, Challamel, P.-L. Jacob, Privat d'Anglemont, etc. Vignettes par Gavarni, Ch. Jacque, Tony Johannot, etc. *Paris, Challamel, s. d.* (1842), in-8, demi-rel. veau bleu, dos orné, tr. jasp.

Orné de nombreuses vignettes dans le texte et de 40 planches coloriées gravées sur bois.

Premier tirage.

41. BADAUDERIES PARISIENNES. Les rassemblements. Physiologies de la rue, observées et notées par P. Adam, V. Barrucand, L. Blum, R. Coolus, F. Fénéon, G. Kahn, T. Natanson, E. Pilon, etc., etc. Prologue par O. Uzanne, 30 gravures hors texte de F. Valloton. Vignettes dans le texte par F. Courboin. *Paris, Floury*, 1896, pet. in-4, broché.

Tirage à 200 exemplaires numérotés pour *Les Bibliophiles indépendants.*

42. BALADES DANS PARIS. Au Moulin de la Galette. A l'Hôtel Drouot. Sur les quais, Au Luxembourg. Notes inédites par MM. Paul Eudel, B.-H. Gausseron et Adolphe Retté. *Paris, imprimé pour les Bibliophiles contemporains*, 1894, pet. in-4, broché.

Tirage unique à 180 exemplaires contenant les planches hors texte en deux états : en noir et en couleurs.

43. BALZAC illustré. La Peau de chagrin. Etudes sociales. *Paris, H. Delloye, V. Lecou*, 1838, in-8, demi-rel. chagrin violet, dos orné, tr. dor. (*Rel. de l'époque*).

Premier tirage.

44. BALZAC (H. de). Paris marié. Philosophie de la vie conjugale, commentée par Gavarni. *Paris, Hetzel*, 1846. — Briffault (Eug.). Paris dans l'eau et Paris à table. Illustré par Bertall. *Ibid., id.*, 1844-1846, 2 vol. — Huart (Louis). Paris au bal. 50 vignettes par Cham (de N.). *Paris, Aubert, s. d.* (1845). — Ens. 4 vol. pet. in-8, dos et coins mar. rouge, La Vall. et bleu, tête dor., non rognés, couvert. (*Champs*).

Premiers tirages.
Le volume « *Paris au bal* » est sans la couverture.

45. BALZAC (H. de). Œuvres complètes. *Paris, A. Houssiaux* et *Furne et Cie*, 1853-1855. 20 vol. gr. in-8, fig., cartonn. dos et coins mar. La Vall., tête dor., non rognés, couvert. (*Champs*).

Bel exemplaire.

46. BALZAC (H. de). Petites misères de la vie conjugale. Illustrées par Bertall. *Paris, chez Chlendowski, s. d* (1845), in-8, dos et coins mar. citron, tête dor., ébarbé.

Premier tirage.
Ouvrage orné d'environ 300 figures dont 50 planches hors texte.

47. BALZAC (H. de). Les Contes drolatiques colligez ez abbayes de Touraine et mis en lumière par le sieur de Balzac pour l'esbattement des pantagruélistes et non aultres. Cinquiesme édition

illustrée de 425 dessins par Gustave Doré. *Se trouve à Paris, ez bureaux de la Société générale de librairie*, 1855, in-8, dos et coins mar. rouge, tête dor., ébarbé (*Amand*).

PREMIER TIRAGE.

48. BALZAC (H. de). La Maison du chat-qui-pelote. Préface de Francisque Sarcey. Quarante compositions de Louis Dunki, gravées sur bois par Maurice Baud. *Paris, L. Conquet, L. Carteret et Cie succ.*, 1899, in-8, broché.

Tirage unique à 200 exemplaires (n° 21) imprimés sur papier vélin du Marais à la forme.

49. BALZAC (H. de). L'École des ménages. Tragédie bourgeoise en cinq actes et en prose ; précédée d'une lettre par le Vte de Spoelberch de Lovenjoul. Édition originale, illustrée d'un portrait d'après Bertall, décoration de A. Robaudi, gravée par Manesse. *Paris, L. Carteret*, 1907, gr. in-8, dos et coins mar. La Vall., tête dor., non rogné, couvert. (*Stroobants*).

Un des 225 exemplaires (n° 86) imprimés sur papier vélin.

50. BALZAC (H. de). Une ténébreuse Affaire. Couverture illustrée et 28 compositions par François Schommer, gravées au burin et à l'eau-forte par Léon Boisson. *Paris, L. Carteret*, 1909, gr. in-8, dos et coins mar. La Vall., tête dor., non rogné, couvert. illust. (*Stroobants*).

Exemplaire (n° 90) imprimé sur papier vélin du Marais.

51. BANVILLE (Théodore de). Gringoire. Comédie en un acte, en prose. Un portrait et quatorze compositions de J. Wagrez, gravés à l'eau-forte par L. Boisson. *Paris, L. Conquet, L. Carteret et Cie succ.*, 1899, in-8, broché.

Exemplaire (n° 234) imprimé sur papier vélin du Marais.

52. BARBEY D'AURÉVILLY (J.). Les Diaboliques. Compositions et gravure de Lobel-Riche. *Paris, Librairie de la Collection des dix, s. d.* (1910), pet. in-4, broché.

Exemplaire (n° 253) imprimé sur papier vélin.
On y a joint 3 eaux-fortes inutilisées et non mises dans le commerce.

53. BARBEY D'AURÉVILLY (J.). Le Chevalier Des Touches. Dessins de Julien Le Blant, gravés par Champollion. *Paris, Librairie des bibliophiles*, 1886, in-8, broché.

Un des 25 exemplaires imprimés sur PAPIER WHATMAN contenant les eaux-fortes en DEUX états : AVANT et avec la lettre.

54. BARTHÉLEMY et MÉRY. Napoléon en Egypte. Waterloo et le fils de l'homme, précédés d'une notice littéraire par M. Tissot.

Edition illustrée par Horace Vernet et H[te] Bellangé. *Paris, Ernest Bourdin, s. d.* (1842), gr. in-8, cartonn. demi-toile grise, non rogné (*Couvert. illust.*).

Premier tirage.

Edition ornée de 17 gravures hors texte, tirées sur Chine et de nombreuses vignettes dans le texte gravées sur bois.

55. BARTHÉLEMY et MÉRY. Napoléon en Egypte. *Paris, Ernest Bourdin, s. d.* (1842), in-8, dans le cartonnage original en toile bleue aux armes et au chiffre de Napoléon Ier, tr. dor.

Même édition.

56. BAUDELAIRE (Charles), Les Fleurs du mal. Illustrations de A. Rassenfosse. *Paris, pour les Cent bibliophiles*, 1899, pet. in-4, en feuilles, en un carton.

Tiré à 115 exemplaires, sur papier vélin.

Les eaux-fortes (hors texte et dans le texte) sont tirées en couleurs.

Vignettes lithographiées en couleurs dans le texte

On y a ajouté :

1. Une suite de 17 eaux-fortes, dessinées par *Ch. Jouas, Al. Lemaistre, E. van Muyden, A. Lacault.*

2. Deux portraits de Baudelaire par *Manet* tiré sur Chine et par *Bracquemond.*

3. Le spécimen de l'ouvrage et une composition gravée à l'eau-forte pour le dîner du 6 mai 1901 des Cent bibliophiles.

57. BEAUMARCHAIS (Caron de). Le Barbier de Séville, comédie en quatre actes, avec une notice par Aug. Vitu. — Le Mariage de Figaro, comédie en cinq actes. Dessins de S. Arcos, gravés à l'eau-forte par Monziès. *Paris, Libr. des bibliophiles*, 1882. — Ens. 2 vol. in-12, cartonn. dos et coins mar. rouge, tête dor., non rognés, couvert. (*Champs*).

Cet exemplaire renferme la suite du portrait et des 9 eaux-fortes de *S. Arcos*, en deux états : avant et avec la lettre.

58. BEAUMONT (Ed. de). Les jolies Femmes de Paris. *Paris, au bureau du Charivari, Imp. d'Aubert et Cie, s. d.*, in-4, cartonné.

40 lithographies en noir. On y a ajouté un titre manuscrit et un double de la couverture.

59. BEAUMONT (Ed. de). L'Epée et les femmes. Cinq dessins de Meissonier, tirés hors texte. *Paris, Librairie des bibliophiles*, 1881, gr. in-8, broché.

60. BÉQUET (Étienne). Marie, ou le mouchoir bleu. Notice littéraire par Adolphe Racot. Six compositions par de Sta, gravées par Abot. *Paris, L. Conquet*, 1884, pet. in-18, mar. bleu,

comp. de fil. au pointillé, fleuron aux angles et au milieu, dos orné, dent. int., tr. dor. (*Chambolle-Duru*).

Exemplaire (n° 524) imprimé sur papier vergé; il est orné sur le faux-titre et dans les marges de 7 AQUARELLES ORIGINALES *de Sta*, l'illustrateur du livre.

61. BÉRANGER. Œuvres complètes. Nouvelle édition revue par l'auteur, illustrée de cinquante-deux belles gravures sur acier entièrement inédites d'après les dessins de MM. Charlet, A. De Lemud, Johannot, etc. *Paris, Perrotin*, 1847, 2 vol. — Dernières chansons, de 1834 à 1851, avec une lettre et une préface de l'auteur. *Ibid., id.*, 1857. — Ma Biographie. Ouvrage posthume. Avec un appendice orné d'un portrait en pied dessiné par Charlet. *Ibid., id.*, 1857. — Ens. 4 vol. in-8, dos et coins mar. grenat, dos orné et mosaïqué, tête dorée, ébarbés, couvert, conservées (*V. Champs*).

Deuxième édition originale des *Œuvres complètes*, la dernière publiée du vivant de l'auteur et contenant 10 chansons nouvelles.
Premières éditions des *Dernières Chansons* et de *Ma biographie*.
On a inséré dans les volumes :
1° Album Béranger par Grandville, 84 vignettes sur bois. *Paris, Perrotin*, s. d. Ces 84 planches sont accompagnées d'un titre imprimé et de la liste des gravures.
2° La suite des 104 vignettes gravées sur acier sur les dessins d'*Alfred* et *Tony Johannot, Charlet, Grenier, Grandville, Henri Monnier*, etc., de l'édition de *Perrotin*, 1834, 4 planches s'y trouvent en doubles épreuves, avec et sans l'adresse de l'éditeur; en plus, le fac-simile de la lettre à Joseph Bernard, de la même édition.
3° Les 14 gravures pour les *Dernières chansons*, gravées par *Lemud*, et les 8 gravures et la photographie, gravées par *Raffat, Sandoz* et *Wattier*, publiées à part, en 1860, par Perrotin, pour illustrer les *Œuvres posthumes*.
4° Le croquis de la chambre mortuaire, gravé par *Vormand aîné*, lequel n'a été donné qu'à quelques souscripteurs.

62. BÉRANGER. Correspondance, recueillie par Paul Boiteau. *Paris, Perrotin*, 1860, 4 vol. in-8, brochés.

63. BERGERAT (Émile). L'Espagnole. Illustrations de Daniel Vierge, gravées sur bois par Clément Bellenger. *Paris, L. Conquet*, 1891, in-12, cartonn., dos et coins mar. rouge, tête dor., non rogné, couvert. illust. (*Champs-Stroobants*).

Exemplaire (n° 58) imprimé sur PAPIER DE CHINE, contenant un TIRAGE A PART de toutes les illustrations.

64. BERGERET (Gaston). Journal d'un nègre à l'exposition de 1900. Soixante-dix-neuf aquarelles originales de Henry Somm.

Paris, Lib. L. Conquet, Carteret et Cie, succ., 1901, pet. in-8, broché.

Exemplaire imprimé sur papier vélin, non mis dans le commerce, offert par l'éditeur à M. Jacob.

65. BERNHARDT (Mme Sarah). L'Aveu, drame en un acte en prose. *Paris, Ollendorff*, 1888, in-8, illustrations de G. Clairin, cartonn., dos et coins mar. bleu, tête dor., non rogné, couvert. illust. (*Carayon*).

Édition originale.

66. BÉROALDE DE VERVILLE. Le Moyen de parvenir. Œuvre contenant la raison de ce qui a esté, est et sera, avec démonstrations certaines selon la rencontre des effects de vertu. Nouvelle édition, collationnée sur les textes anciens. avec notes, variantes, index, glossaire et notice bibliographique par un bibliophile campagnard. *Paris, Léon Willem*, 1870-1872, 2 tomes en 3 vol. in-12, brochés.

Édition tirée à petit nombre pour les souscripteurs, et non mise dans le commerce ; elle est ornée de vignettes gravées sur bois.

67. BERTALL. Cahier des charges des chemins de fer. Pamphlet illustré par Bertall. *Paris, publié chez J. Hetzel*, 1847, pet. in-8, cartonn. demi-toile, ébarbé.

Premier tirage.

68. BIBLE (La Sainte), traduite par Lemaistre de Sacy. *Paris, Furne et Cie*, 1841, 4 vol. gr. in-8, figures, mar. grenat. fil. à froid, plaque dorée sur les plats, dos orné, tr. dor. (*Boutigny*).

Édition ornée de planches hors texte gravées sur acier.

69. BOCCACE. Contes (Le Décaméron). Traduits de l'italien et précédés d'une notice historique par A. Barbier. Vignettes par MM. Tony Johannot, H. Baron, Eug. Laville, Célestin Nauteuil, Grandville, Geoffroy, etc. *Paris, Dutertre*, 1847, gr. in-8, dos et coins mar. citron, tête dorée, ébarbé (*Amand*).

32 gravures hors texte et 120 vignettes dans le texte, gravées sur bois.

70. BOCCACE. La Fiancée du roy de Garbe : traduction de Anthoine Le Maçon, imagée et vignettée par Léon Lebègue. *Paris, H. Floury*, 1903, pet. in-4, broché.

Exemplaire n° 41, imprimé sur papier vergé à la forme, contenant le tirage a part en noir, sur Chine, de toutes les illustrations.

71. BOILEAU. Œuvres poétiques, avec des notices par M. Pou-

joulat. Eaux-fortes par V. Foulquier. *Tours, A. Mame et fils*, 1870, gr. in-8, cartonn., dos et coins, mar. olive, tête dor., non rogné, couvert. (*Champs*).

Exemplaire imprimé sur PAPIER VÉLIN FORT, contenant le TIRAGE A PART sur CHINE, de toutes les eaux-fortes et auquel on a ajouté 1 portrait gravé par *Courtry* et 6 figures gravées par *Monziès*, d'après *Cochin*, tirées sur Chine, et 6 figures d'après *Moreau*.

72. BONHOMME (H.). Madame de Pompadour général d'armée. *Paris, Charavay*, 1880. — La Cheminée de madame de La Poupelinière. *Ibid., id.*, 1880. — Ens. 2 vol. in-16, cartonn. mar. olive, fil., dos orné, tête dor., non rognés (*Champs*).

Chaque volume, imprimé sur papier de Hollande, est orné d'une eau-forte.

73. BONVIN (François). Six eaux-fortes dessinées et gravées par François Bonvin, peintre. *A Paris, chez l'auteur*, 1861, in-fol., dans une couverture.

74. BORELLI (Jules). Éthiopie méridionale. Journal de mon voyage aux pays Amhara, Oromo et Sidama. Septembre 1885 à novembre 1888. *Paris, maison Quantin*, 1890, in-4, cartonn. toile rouge, fers spéciaux, tr. dor. (*Cartonn. des éditeurs*).

Nombreuses gravures et cartes hors texte et dans le texte.

75. BORET (A. de) et ULM. Almanach pour 1866. *Paris, Cadart-Luquet*, 1866, in-4, cartonn., dos et coins toile grenat.

Titre et 12 eaux-fortes par *Boret* et *Ulm*.

76. BOULMIER (Joseph). Les Villanelles, avec ses poésies en langage du XVe siècle. Deuxième édition ornée d'une eau-forte par Ad. Lalauze. *Paris, Is. Liseux*, 1879, in-16, mar. grenat, tête dor., non rogné (*Couvert.*).

Cet exemplaire renferme l'eau-forte de Lalauze en 12 états : sur Chine, sur Japon et sur blanc, tirée en différents tons.

77. BOURASSÉ (L'abbé J.-J.). La Touraine. Histoire et monuments. *Tours, A. Mame et Cie*, 1856, pet. in-fol. mar. rouge, large dent., fil. à froid en losange, semis de croix sur le dos et les plats, armoiries de la Touraine, dent. int., tr. dor. ciselées (*Rel. des éditeurs*).

Nombreuses illustrations hors texte et dans le texte par *Karl Girardet* et *Français*.

78. BOURGET (Paul). Pastels. Dix portraits de femmes. Nouvelle édition, revue et corrigée par l'auteur. Illustrations de Ro-

baudi et Giraldon. *Paris, Librairie L. Conquet,* 1895. In-8, en feuilles, dans un carton.

Tirage unique à 200 exemplaires sur papier du Japon.
L'illustration se compose de onze figures en couleurs de *Robaudi*, et de 35 fleurons, en-têtes, et lettres de *Giraldon* également en couleurs.

79. BRILLAT-SAVARIN. Physiologie du goût, avec une préface par Charles Monselet, Eaux-fortes par Ad. Lalauze. *Paris, Libr. des bibliophiles*, 1879, 2 vol. in-12, cartonn. demi-mar. La Vall., tête dor., non rognés, couv. (*Champs*).

Cet exemplaire renferme la suite du portrait et des 50 vignettes par Lalauze en deux états : TIRAGE A PART AVANT la lettre, et avec la lettre.

80. BRILLAT-SAVARIN. Les Aphorismes. *Paris, Blaizot, s. d.*, gr. in-8, en feuilles, dans une couvert.

Titre gravé à l'eau-forte et 19 aphorismes, illustrés par *A. Robida*, tirés sur Japon.
Exemplaire n° 30.

81. BRUANT (Aristide). Dans la rue ; chansons et monologues. Dessins de Steinlen. *Paris, Aristide Bruant, s. d.*, 2 vol. in-12, cartonn. dos et coins toile bleue, non rognés, couvert. (*Durvand*).

PREMIER TIRAGE.
On y joint : FERNY (Jacques). Chansons de la roulotte. *Paris, Fromont*, 1900, in-12, dessins de Lucien Métivet, broché.

82. CAMPAGNES DES FRANÇAIS sous le Consulat et l'Empire. Album de 52 batailles et 100 portraits des maréchaux, généraux et personnages les plus illustres de l'époque et le portrait de Napoléon Ier, accompagné d'un fac-simile de sa signature. Collection de 60 planches, dite Carle Vernet, faite d'après les tableaux de ce grand maître et les dessins de Swebach. *Paris, s. d.*, in-fol., cartonn. toile rouge, fers spéciaux, tr. dor. (*Cartonn. de l'éditeur*).

83. CAQUETS DE L'ACCOUCHÉE (Les), publiés par D. Jouaust, avec une préface de Louis Ulbach. Eaux-fortes par Ad. Lalauze. *Paris, Libr. des bibliophiles*, 1888, in-12, cartonn. demi mar. rouge, tête dor., non rogné, couvert. (*Champs*).

Cet exemplaire renferme la suite des eaux-fortes de *Ad. Lalauze*, en deux états : TIRAGE A PART AVANT la lettre, et avec la lettre.

84. CAYLUS (Madame de). Souvenirs. Préface par Voltaire. Notice de M. de Lescure. Nouvelle édition illustrée par Lionel Pe-

reaux, gravures au burin et à l'eau-forte par Léon Boisson. *Paris, L. Carteret*, 1908, pet. in-8, broché.

Exemplaire n° 73 imprimé sur PAPIER DU JAPON, contenant les eaux-fortes hors texte en deux états dont un AVANT la lettre avec remarques et le TIRAGE . PART avec remarques de toutes les illustrations du texte.

85. CAZOTTE (J.). Le Diable amoureux, roman fantastique, par J. Cazotte, précédé de sa vie, de son procès, et de ses prophéties et révélations, par Gérard de Nerval. Illustré de 200 dessins par Edouard de Beaumont. *Paris, Léon Ganivet*, 1845, in-8, demi-rel. mar. rouge, fil., dos orné, tête dor., ébarbé.

Portrait de Cazotte par *E. de Beaumont* ; 6 gravures sur bois hors texte et 200 vignettes gravées sur bois, dans le texte.

86. CELLARIUS. La Danse des salons. Dessins de Gavarni gravés par Lavieille. Deuxième édition. *Paris, chez l'auteur*, 1849, in-8, cartonn. dos et coins toile saumon, tête dor., non rogné (*Couvert.*).

11 gravures hors texte.
Envoi autographe de l'auteur sur le faux-titre.
La couverture est doublée.

87. CENT NOUVELLES NOUVELLES (Les dix dizaines des), réimprimées par les soins de D. Jouaust, avec notice, notes et glossaire, par M. Paul Lacroix. Dessins gravés de Jules Garnier. *Paris, Libr. des bibliophiles*, 1874, 4 vol. in-12, cartonn. dos et coins mar. citron, dos mosaïqué, tête dor., non rognés, couvert. (*Champs*).

Cet exemplaire renferme la suite des figures de *J. Garnier*, en deux états : AVANT et avec la lettre.
La figure de la 12e nouvelle est en un seul état : avec la lettre.

88. CERVANTÈS. L'ingénieux hidalgo don Quichotte de la Manche. Traduit et annoté par Louis Viardot. Vignettes de Tony Johannot. *Paris, J.-J. Dubochet*, 1836-1837, 2 vol. gr. in-8, cartonn. dos et coins mar. orange, tête dor., non rognés, couvert. (*Champs*).

PREMIER TIRAGE.
Ouvrage orné de 2 figures hors texte tirées sur papier de Chine et de nombreuses figures dans le texte.

89. CERVANTÈS. L'ingénieux hidalgo Don Quichotte de la Manche. Traduction de Louis Viardot, 370 compositions de Gustave Doré gravées par H. Pisan. *Paris, Hachette et Cie*, 1869, 2 vol. in-fol., dos et coins mar. tête de nègre, tête dor., non rognés (*Champs*).

90. CHALLAMEL (Augustin). Histoire-musée de la République

française, depuis l'Assemblée des notables jusqu'à l'Empire. Avec les estampes, costumes, médailles, caricatures, portraits historiés et autographes les plus remarquables du temps. *Paris, Challamel,* 1842, 2 vol. gr. in-8, cartonn. dos et coins mar. rouge, tête dorée, ébarbés (*Champs*).

PREMIER TIRAGE.
On a joint 2 estampes, dont une ancienne, intitulée : *Réception du décret du 18 Floréal,* dessinée par *Debucourt,* gravée par *Augustin Legrand,* et 12 assignats.
Couvertures conservées.

91. CHAM. Punch à Paris, revue drolatique du mois. *Paris, Bureaux, rue du Croissant,* 1850, in-4 de 192 pages, cartonn. demi-toile brune, non rogné.

6 livraisons formant la collection complète de ce journal illustré.
Couverture de livraison ajoutée.

92. CHAM. Croquis en l'air. — Les voyages d'agrément. — Croquades. — Les Représentants en vacances. — Mélanges comiques. — Folies du jour ; caricatures politiques et sociales. — Proudhoniana ou les Socialistes modernes. — Soulouque et sa cour. — La Grammaire illustrée. — Revue comique du Salon de 1851. — Revue comique de l'exposition de l'industrie. — Proudhon en voyage. — La Banque Proudhon et autres banques socialistes. — Coups de crayon. — L'Exposition de Londres, croquis. — Les Chasseurs. — Fantasia. — Variétés drolatiques. — Croquis parisiens. — Cham au salon. *Paris, au bureau du journal le Charivari, s. d.,* 20 albums petit in-4, brochés.

Chaque albnm renferme environ 60 dessins gravés sur bois.

93. CHAMPFLEURY. Monsieur de Boisdhyver, avec quatre eaux-fortes dessinées et gravées par A. Gautier. *Paris, Poulet-Malassis et de Broise,* 1860. — Les Chats. Histoire, mœurs, observations, anecdotes. Illustré de 52 dessins, par Eug. Delacroix, Mérimée, Manet, etc. *Paris, Rothschild,* 1869 (*Éd. orig.*). — Le Secret de M. Ladureau. *Paris, Dentu,* 1875. — Ens. 3 vol. in-12, dont 2 brochés et 1 cartonn. demi-mar. La Vall., tête dor., non rogné, couvert. (*Champs*).

94. CHAMPFLEURY. Le Violon de faïence. Nouvelle édition illustrée de 34 eaux-fortes de Jules Adeline. Avant-propos de l'auteur. *Paris, L. Conquet,* 1885, pet. in-8, dos et coins mar. vert, tête dor., non rogné, couvert. illust. (*Champs*).
Exemplaire (n° 407) imprimé sur papier vélin du Marais à la forme.

95. CHANSONS DE L'ANCIENNE FRANCE. Imagées par

W. Graham Robertson. *Paris, pour les Bibliophiles indépendants, chez H. Floury*, 1905, in-4, broché.

Tirage unique à 150 exemplaires imprimés sur papier à la forme d'Arches (n° 83), ornés de bois en noir et en couleurs.

96. CHANTS ET CHANSONS POPULAIRES DE LA FRANCE. *Paris, H.-L. Delloye*, 1843, 3 vol. — Chansons populaires des provinces de France, Notices par Champfleury, accompagnement de piano, par J.-B. Wekerlin..... *Paris, Bourdilliat et Cie*, 1860, 1 vol. — Ens. 4 vol. gr. in-8, dos et coins mar. La Vall., tête dor., non rognés (*Couvert. illustr.*).

Premier tirage.

Cet ouvrage, un des plus beaux parmi les ouvrages illustrés du xixe siècle, est orné de nombreux dessins de *Meissonier, Daubigny, Grandville, Trimolet*, etc., etc., gravés sur acier ; le texte des chansons est également gravé sur acier.

97. CHATEAUBRIAND. Génie du Christianisme. Vignettes, par Théophile Fragonard. Gravures, par Porret. *Paris, Pourrat frères*, 1838, in-8, chagrin bleu, ornements dorés et à froid sur les plats, dos orné, tr. dor. (*Schaeck*).

98. CHATEAUBRIAND. Les Martyrs. *Paris, Pourrat frères*, 1836, 3 vol. in-8, mar. bleu à longs grains, plaque dorée sur les plats, fil., dos orné, tr. dor. (*Rel. de l'époque*).

6 figures par *T. Johannot*, gravées par *Finden, Pigeot, Frilley*, etc., et une carte.

Reliure bien conservée.

99. CHATEAUBRIAND. Les Natchez. *Paris, Pourrat frères*, 1836-1837, 2 vol. in-8, veau vert, grande plaque à froid sur les plats, fil., dos orné, tr. dor. (*Rel. de l'époque*).

2 figures par *T. Johannot*, gravées par *Lefèvre* et *Revel*.

Reliure bien conservée.

100. CHEFS-D'ŒUVRE DU ROMAN CONTEMPORAIN (De la Collection des). *Paris, A. Quantin*, 1885-1886, 3 vol. in-8, brochés.

Feuillet (Octave). Monsieur de Camors. 11 compositions par S. Rejchan, gravées à l'eau-forte par Mme Louveau-Rouveyre, MM. Daumont et Duvivier. — Goncourt (Ed. et J. de). Germinie Lacerteux. 10 compositions par Jeanniot, gravées à l'eau-forte par L. Muller. — Sand (George). Mauprat. 10 compositions par Le Blant, gravées à l'eau-forte par H. Toussaint.

101. CHEVIGNÉ (Comte de). Les Contes rémois. Dessins de E. Meissonier. Troisième édition. *Paris, Michel Lévy frères*, 1858, in-12, dos et coins chagrin brun, tr. marb.

Premier tirage des figures de *Meissonier*.

102. CHODERLOS DE LACLOS. Les Liaisons dangereuses. Lettres recueillies dans une société, et publiées pour l'instruction de quelques autres. *Paris*, 1823, 4 vol. in-18, brochés.

Édition ornée de 4 figures par *Devéria*, gravées par *Derly*, *Delvaux* et *Massard*.

Exemplaire NON ROGNÉ.

103. CLARETIE (Jules). La Canne de M. Michelet. Promenade et souvenirs. Préface par Alfred Mezières. Douze compositions de P. Jazet, gravées à l'eau-forte par H. Toussaint. *Paris, Librairie L. Conquet*, 1886, in-8, cartonn., dos et coins mar. grenat, fil., dos orné, tête dorée, non rogné, couvert. (*Champs*).

104. CLARETIE (Jules). Bouddha, 1 frontispice et 10 vignettes dessinés par Robaudi, gravés par A. Nargeot. *Paris, L. Conquet*, 1888, in-18, broché.

Un des 250 exemplaires (n° 187) imprimés sur papier vergé du Marais.

105. CLER (Albert). La Comédie à cheval, ou manies et travers du monde équestre ; jockey-club, cavalier, maquignon, olympique, etc. Illustrée par MM. Charlet, T. Johannot, Eug. Giraud et A. Giroux. *Paris, Ernest Bourdin, s. d.* (1842), in-12, cartonn., dos et coins mar. La Vall., tête dor., non rogné, couvert. (*Champs*).

EDITION ORIGINALE.

106. COLLECTION DU BIBLIOPHILE FRANÇAIS. *Paris, Bachelin-Deflorenne*, 1863-1869, 12 vol. in-16, cartonn., dos et coins mar. bleu à longs grains, tête dor., non rognés, couvert. (*Champs*).

BERNARD (Thalès). La Lisette de Béranger. — CLARETIE (Jules). Élisa Mercœur. — CLAUDIN (Gustave). Méry. — DELVAU (A.). Gérard de Nerval. — DELVAU (A.). Henry Murger et la bohême. — FRANCE (Anatole). Alfred de Vigny. — HEILLY (G. d'). Madame de Girardin. — LEBAILLY. Hégésippe Moreau. — MOREAU (Hegésippe). Œuvres inédites. — LEBAILLY (A.). Madame de Lamartine. — PEIGNE (J.-M.). Lamennais. — POISLE-DESGRANGES. Rouget de Lisle et la Marseillaise.

Collection complète : chaque volume est orné d'une eau-forte par *G. Staal*.

107. COMMANVILLE (Caroline). Souvenirs sur Gustave Flaubert. Texte et illustrations par Caroline Commanville. *Paris, A. Ferroud*, 1895, in-8, broché.

Papier vélin.

108. CONSTANT (Benjamin). Adolphe. Portrait gravé par Cour-

boin d'après Desmarais. Préface par Paul Bourget. *Paris, L. Conquet,* 1889, in-16, broché.

Un des 200 exemplaires sur papier vélin, non mis dans le commerce; offert par l'éditeur à M. Jacob.

109. CORNEILLE (P.). Œuvres complètes, suivies des œuvres choisies de Th. Corneille, avec les notes de tous les commentateurs. *A Paris, chez Firmin Didot frères,* 1840, 2 vol. gr. in-8 à 2 col., dos et coins mar. La Vall., tête dor., non rognés, couvert. (*Champs*).

Exemplaire auquel on a ajouté la suite complète du frontispice de *Pierre*, gravé par *Watelet*, et des 34 figures de *Gravelot*, avec cadres gravés et un portrait de Corneille par *Hardivillier*.

110. CORRECTIONNELLE (La), petites causes célèbres; études de mœurs populaires au dix-neuvième siècle, accompagnées de cent dessins par Gavarni. *Paris, chez Martinon,* 1840, pet. in-4, dos et coins mar. bleu, tête dor., ébarbé (*Durvand*).

Premier tirage.
Un morceau est enlevé à la page 219 et 1 feuillet est réparé.

111. COURTELINE (Georges). Les Marionnettes de la vie. Illustrations de A. Barrère. *Paris, E. Flammarion, s. d.* (1901), in-12, broché.

Edition originale.
Un des 25 exemplaires (n° 19) imprimés sur papier du Japon.

112. DARZENS (Rodolphe). L'Amante du Christ, scène évangélique en vers. Préface de E. Ledrain. Frontispice gravé par Félicien Rops. *Paris, A. Lemerre,* 1888, in-8, broché.

Edition originale.

113. DAUBIGNY. Voyage en bateau. Croquis à l'eau-forte. *Paris, A. Cadart et F. Chevalier,* 1862, in-fol., cartonn. toile verte, titre doré sur les plats, tr. dor. (*Cartonn. des éditeurs*).

Titre gravé et 15 eaux-fortes par *Daubigny*.

114. DAUDET (Alphonse). Contes choisis, avec deux eaux-fortes par Edmond Morin. *Paris, Charpentier,* 1877. — Mérimée (Prosper). Colomba, avec deux dessins de J. Worms, gravés à l'eau-forte par Champollion. *Ibid., id.,* 1876. — Pellico (Silvio). Mes Prisons, avec deux eaux-fortes par G. Charpentier. *Ibid., id.,* 1879. — Ens. 3 vol. in-32, brochés.

De la *Petite Bibliothèque Charpentier*.

115. DAUDET (Alphonse). Numa Roumestan; mœurs parisiennes. *Paris, G. Charpentier,* 1881, in-12, mar. orange, plats ornés

et mosaïqués de fleurs et oiseaux, dos orné et mosaiqué, tête dor., non rogné, couvert., étui (*Ch. Meunier*).

Edition originale.

Exemplaire imprimé sur papier de Hollande, enrichi dans les marges de 94 dessins originaux de G. Fraipont.

116. DAUDET (Alphonse). Fromont jeune et Risler aîné, mœurs parisiennes. Notice littéraire par Gustave Geffroy. Douze compositions de Em. Bayard, gravées à l'eau-forte par J. Massard. *Paris, L. Conquet,* 1885, 2 vol. in-8, cartonn., dos et coins mar. bleu, tête dor., non rognés (*Champs-Stroobants*).

Un des 150 exemplaires (n° 45) imprimés sur papier impérial du Japon contenant les eaux-fortes en deux états : avant et avec la lettre.

117. DAUDET (Alphonse). Sapho, mœurs parisiennes. Dix illustrations de Rejchan, gravées à l'eau-forte par E. Abot et A. Duvivier. Vignettes dans le texte par G. Montaigut. *Paris, maison Quantin,* 1888, in-8, broché.

De la *Collection des chefs-d'œuvre du roman contemporain.*

118. DAUDET (Alphonse). Le Roman du Chaperon-rouge. Neuf lithographies originales de Louis Morin. *Paris, Librairie L. Conquet, Carteret et Cie succ.*, 1903, in-8, broché.

Un des 200 exemplaires imprimés sur papier vélin du Marais, non mis dans le commerce ; offert par l'éditeur à M. Jacob.

119. DAUMIER (H.). Les cent et un Robert-Macaire. *Paris, chez Aubert et Cie*, 1839, in-4, dos et coins mar. vert clair, fil., dos orné, tête dorée, couvert. illust. (*V. Champs*).

Tirage à part, sauf pour les planches 33 et 101, des lithographies de ce recueil, sans le texte imprimé sur le verso des planches.

Cet exemplaire se compose d'un frontispice-titre qui est un tirage, sur papier blanc, de l'illustration de la couverture, dessinée par *C. Nanteuil*, et des 101 lithographies d'après *Daumier*.

Le texte sur le verso de la planche 33 a été gratté et la planche qui est plus courte de marges a été remontée en plein.

On a relié avec l'exemplaire la couverture illustrée, le faux-titre, le titre et les 2 ff. de table imprimés du tirage définitif, qui, étant plus courts de marges, ont été remargés (les 2 lithographies de la couverture ont été montées).

120. DAUMIER. Les Cent et un Robert-Macaire, composés et dessinés par M. H. Daumier sur les idées et les légendes de M. Ch. Philipon, réduits et lithographiés par MM**. Texte par MM. Maurice Alhoy et Louis Huart. *Paris, chez Aubert et Cie*, 1839, 2 vol. pet. in-4, dos et coins mar. olive, tête dor., non rognés (*Champs*).

Collection de 101 lithographies de Daumier avec légendes et accompagnées chacune de 4 pages de texte.

121. DE FOE (Daniel). Aventures de Robinson Crusoe. Traduction nouvelle. Edition illustrée par Grandville. *Paris, H. Fournier aîné,* 1840, in-8, mar. grenat, plats et dos ornés de fers spéciaux, tr. dor. (*Rivage*).

PREMIER TIRAGE. Reliure de l'époque bien conservée.

122. DELAVIGNE (Casimir). Œuvres complètes ; avec une notice par M. Germain Delavigne. Nouvelle édition. *Paris, Didier,* 1846, 6 vol. in-8, cartonn. demi-mar. rouge, tête dor. (*Champs*).

Exemplaire auquel on a ajouté 12 figures par *T. Johannot, Marckl, Delaroche,* etc., gravées sur acier.

123. DELORME (Hugues). Quais et trottoirs. 13 lithographies en couleurs de Heidbrinck. *Paris, imprimé pour les Cent bibliophiles,* 1898, in-8, broché.

Tirage à 115 exemplaires sur papier Whatman (n° 62).

124. DEMOUSTIER. Lettres à Emilie sur la mythologie. *Paris, Froment,* 1826, 3 vol. in-16, cartonn. mar. vert à longs grains, fil., tête dor., non rognés (*Champs*).

3 figures de *Desenne,* gravées par *Pourvoyeur.*

125. DESNOYERS (Louis). Les Aventures de Jean-Paul Choppart, illustrées par Gérard-Séguin. L'Episode de Panouille, par Frédéric Goupil. *Paris, Paulin et Le Chevalier,* 1850 (Sur la couverture :) *Paris, chez J.-J. Dubochet et Compagnie,* 1843, in-8, cartonn. dos et coins mar. grenat, fil., dos orné et mosaïqué, tête dorée, non rogné, couverture conservée (*Champs*).

Premier tirage de 1843 avec un nouveau titre à la date de 1850.

126. DIABLE A PARIS (Le). Paris et les parisiens. Mœurs et costumes, caractères et portraits des habitants de Paris, tableau complet de leur vie privée, publique, politique, etc. ; texte par MM. de Balzac, Eug. Sue, George Sand, P.-J. Stahl, etc., etc... Illustrations... par Gavarni. *Paris, J. Hetzel,* 1845-1846, 2 vol. gr. in-8, demi-rel. chagrin rouge, non rognés.

PREMIER TIRAGE.
On y a ajouté la reproduction d'une vue de Paris en 1607, par L. Gautier, et une vue du Louvre en 1567.

127. DIABLE A PARIS (Le). Paris et les parisiens. Mœurs et coutumes. *Paris, publié par J. Hetzel,* 1845, gr. in-8, chagrin rouge, grande plaque dorée sur les plats, dos orné, tr. dor. (*Rel. de l'éditeur*).

Premier volume seul, en premier tirage.

128. DIGUET (Charles). Les jolies femmes de Paris. Vingt eaux-fortes par Martial. Ornements par Morin. *Paris, Lacroix, Verboeckhoven et Cie*, 1870, in-8, cartonn. dos et coins mar. rose, tête dor., non rogné (*Couvert.*)

Exemplaire (n° 253) imprimé sur papier raisin vergé.

129. DILLON (H.-P.). Elles. *Paris, L. Sapin, s. d.*, gr. in-8, en feuilles.

Suite de 6 lithographies dans une couverture illustrée ; épreuves avec remarque tirées sur papier du Japon, et signées par l'artiste.

130. DROZ (Gustave). Monsieur, Madame et Bébé. Édition illustrée par Edmond Morin et ornée d'un portrait de l'auteur en frontispice, gravé par Léopold Flameng. *Paris, Victor Havard*, 1878, gr. in-8, dos et coins mar. bleu, fil., dos orné, tête dor., non rogné, couvert. et dos conserv. (*Bretault*).

Un des 50 exemplaires (n° 10) imprimés sur PAPIER WHATMAN.

131. DU CAMP (Maxime). Une Histoire d'amour. Un portrait gravé par A. Lamotte, huit compositions de P. Blanchard, gravées par Buland. *Paris, L. Conquet*, 1888, in-16, broché.

Exemplaire (n° 239) imprimé sur papier vergé du Marais.

132. DUMAS (Alexandre). Herminie, l'amazone. *Paris, Calmann Lévy*, 1888, in-16, mar. bleu, comp. de fil. et fleurs mosaïquées, dos orné mosaïqué, tr. dor. sur brochure, couvert. (*Champs*).

Un des 25 exemplaires imprimés sur PAPIER DU JAPON. Il est orné sur le faux-titre et dans les marges de 21 AQUARELLES ORIGINALES de H.-P. DILLON.

On y a ajouté la suite du frontispice et des 14 vignettes de *Robaudi*, gravés par *Deville*, tirés sur papier du Japon, en épreuves avant la lettre.

133. DUMAS (Alexandre). Les trois Mousquetaires, avec une lettre d'Alexandre fils. Compositions de Maurice Leloir, gravures sur bois de J. Huyot. *Paris, Calmann Lévy*, 1894, 2 vol. gr. in-8, brochés.

Un des 50 exemplaires (n° 107) imprimés sur PAPIER DE CHINE, auquel on a joint 2 AQUARELLES ORIGINALES de H. DE STA, servant de frontispices et le catalogue des 250 dessins originaux de Leloir, tiré sur Chine.

134. DUMAS (Alexandre). Le Chevalier de Maison-Rouge. Illustrations de Julien Le Blant, gravées sur bois par Léveillé. *Paris, Emile Testard*, 1894, 2 vol. gr. in-8, dos et coins veau rouge, tête dor., non rognés.

On y a joint : la suite des 10 eaux-fortes de *Julien Le Blant*, gravées par *Géry-Bichard*, in-8, en feuilles, dans un carton.

135. **DUMAS FILS** (Alexandre). La Dame aux camélias. Préface de Jules Janin et nouvelle préface inédite de l'auteur. Illustrations de A. Lynch. *Paris, Maison Quantin, s. d.* (1886), in-4, broché.

Exemplaire auquel on a ajouté : Un portrait d'A. Dumas, par *Meissonier*, tiré sur Chine, un portrait de J. Janin, par *Staal*, tiré sur Japon, un portrait de Marie Duplessis, tiré sur Japon en deux états : en noir et en sanguine, la figure du quartier de la Dame aux Camélias en deux états : en noir et en sanguine sur Japon ; la suite complète du portrait et des 10 eaux-fortes de *de Los Rios* et la suite complète des 12 gravures sur bois de *A. de Neuville*.

On y joint : un double de la suite de *de Los Rios*.

136. **DUMAS FILS** (Alexandre). Un cas de rupture. Illustrations, page à page, par Eugène Courboin. *Paris, Ancienne maison Quantin*, 1892, in-4, broché.

Un des 40 exemplaires (n° XIII) imprimés sur PAPIER DU JAPON contenant un TIRAGE A PART, en noir, des illustrations du texte.

On y a joint un portrait d'Alexandre Dumas fils gravé par *Nargeot* et tiré sur Japon.

137. **FABRE** (Ferdinand). L'Abbé Tigrane candidat à la papauté. Un portrait d'après J.-P. Laurens et vingt eaux-fortes originales de E. Rudaux. *Paris, L. Conquet*, 1890, in-8, broché.

Exemplaire n° 157 imprimé sur papier vélin du Marais, auquel on a ajouté deux eaux-fortes de *J.-P. Laurens*, gravées par *Courtry*, et tirées sur Chine.

138. **FABRE** (Ferdinand). Sylviane. Illustrations de George Roux, gravées sur bois par Baud et Hamel. *Paris, E. Testard*, 1892, in-8, broché.

ÉDITION ORIGINALE.

Exemplaire (n° 76) imprimé sur papier vélin, contenant les figures hors texte en DEUX états : en noir et en bistre.

139. **FÉMINIES**, huit chapitres inédits dévoués à la femme, à l'amour, à la beauté, par Gyp. Abel Hermant, Henri Lavedan, Marcel Schwob et Octave Uzanne. Frontispices en couleurs d'après Félicien Rops. Encadrements et vignettes de Rudnicki. *Paris, imprimé pour les Bibiophiles contemporains*, 1896, in-8, broché.

Tirage unique à 183 exemplaires (n° 94) imprimés sur PAPIER DU JAPON : contenant les figures en deux états : AVANT la lettre en noir, avec remarques et avec la lettre, tirées en couleurs.

140. **FERTIAULT** (F.). Les Amoureux du livre. Sonnets d'un bibliophile, fantaisies, commandements du bibliophile, bibliophiliana, notes et anecdotes. Préface du bibliophile Jacob (Paul

Lacroix). 16 eaux-fortes de Jules Chevrier. *Paris, A. Claudin*, 1877, in-8, pap. de Holl., broché.

141. FIGURES DE PARIS. Ceux qu'on rencontre et celles qu'on frôle. Illustrations de Victor Mignot. Proses de MM. Maurice Beaubourg, Louis Codet, Alfred Jarry, Jean Lorrain, Edmond Pilon, Octave Uzanne, etc., etc. *Paris, Henri Floury*, 1901, in-4, vélin de Hollande, broché).

Publication des *Bibliophiles contemporains* tirée à 218 exemplaires, figures en couleurs hors texte, et vignettes en noir dans le texte.
Eau-forte de *Steinlen* (trottins), ajoutée.

142. FLAMENT (Albert) (Sparklet). Fauteuils et couloirs. Eaux-fortes de Minartz. *Paris, imprimé pour Henri Béraldi*, 1906, gr. in-8, broché.

Tirage unique à 75 exemplaires (n° 26) imprimés sur PAPIER DE HOLLANDE.

143. FLAMENT (Albert). Palaces et sleepings. Eaux-fortes de Minartz. *Paris, imprimé pour Henri Béraldi*, 1908, gr. in-8, broché.

Tirage unique à 75 exemplaires (n° 26) imprimés sur PAPIER DE HOLLANDE.

144. FLAMENT (Albert). Fleur de Paris. Dessins de Minartz gravés sur bois par H. Paillard. *Paris, imprimé pour Henri Béraldi*, 1909, gr. in-8, broché.

Tirage unique à 90 exemplaires (n 48) imprimés sur PAPIER WHATMAN.

145. FLAUBERT (Gustave). Madame Bovary, mœurs de province. *Paris, A. Lemerre*, 1874, 2 vol. pet. in-12, demi-rel. chagrin bleu, tête dor., non rognés.

Cet exemplaire renferme la suite du frontispice et des 6 figures dessinées et gravées à l'eau-forte par *Boilvin*.

146. FLAUBERT (Gustave). Trois contes de Flaubert. *Paris, A. Ferroud*, 1892-1895, 3 vol. in-8, brochés.

HÉRODIAS ; compositions de *Georges Rochegrosse*, gravées à l'eau-forte par *Champollion*. Préface par Anatole France. *Paris*, 1892. — UN CŒUR SIMPLE, illustré de vingt-trois compositions par *E. Adam*, gravées à l'eau-forte par *Champollion*. Préface par A. de Claye. *Paris*, 1894. — LA LÉGENDE DE SAINT JULIEN L'HOSPITALIER ; illustrée de vingt-six compositions par *Luc-Olivier Merson*, gravées à l'eau-forte par *Géry Bichard*. Préface par Marcel Schwob. *Paris*, 1895.
Exemplaires imprimés sur PAPIER DU JAPON contenant toutes les figures (dans le texte et hors texte), en deux états : AVANT et avec la lettre.

147. FLAUBERT (Gustave). Salammbô. Compositions de Georges

Rochegrosse, gravées à l'eau-forte par Champollion. Préface par Léon Hennique. *Paris, A. Ferroud*, 1900, 2 vol. gr. in-8, brochés.

Exemplaire (n° 125) imprimé sur PAPIER DU JAPON, contenant les eaux-fortes en DEUX états : AVANT la lettre avec remarque, et avec la lettre.

148. FLAUBERT (Gustave). Madame Bovary. Compositions de Alfred de Richemont, gravées à l'eau-forte par C. Chessa. Préface par Léon Hennique. *Paris, F. Ferroud*, 1905, pet. in-4, dos et coins mar. grenat, tête dor., non rogné, couvert. (*Stroobants*).

Exemplaire (n° 125) imprimé sur PAPIER DU JAPON, contenant les eaux-fortes en deux états : AVANT la lettre avec remarque, et avec la lettre.

149. FLORIAN. Fables. Préface par M. Anatole de Montaiglon. Compositions inédites de Moreau, gravées par Martial. *Paris, Rouquette*, 1882, in-18, broché.

Exemplaire imprimé sur PAPIER DE HOLLANDE.

150. FOND DU SAC (Le), ou recueil de contes en vers et en prose et de pièces fugitives. *Paris, Leclère*, 1866, pet. in-8, front. et 11 vignettes à mi-page, dos et coins mar. violet, tête dor., non rogné.

Tiré 100 exemplaires imprimés sur papier teinté, aux frais des souscripteurs.
Exemplaire auquel on a ajouté : le frontispice de *Rops*, pour le conte « *Point de lendemain* », tiré sur Chine volant, et une vignette de *Paul Avril*, gravée à l'eau-forte.

151. FORAIN (J.-L.). La Comédie parisienne. 438 dessins. *Paris, G. Charpentier et Fasquelle*, 1892-1894, 2 vol. pet. in-8, brochés.

Un des 100 exemplaires imprimés sur PAPIER DE CHINE pour la librairie L. Conquet.

152. FRANÇAIS PEINTS PAR EUX-MÊMES (Les). Le Prisme. *Paris, L. Curmer*. 1840-1842, 9 vol. gr. in-8, dos et coins mar. grenat, tête dor., ébarbés (*Champs*).

Cet exemplaire renferme les planches en deux ou trois états : coloriées et en noir avant et avec la lettre.

153. FRANCE (Anatole). La Leçon bien apprise, conte imagé par Léon Lebègue. *Paris, pour les Bibliophiles indépendants*, 1898, pet. in-4, broché.

Tirage à 210 exemplaires (n° 83) sur papier vélin, contenant un TIRAGE A PART en noir sur Chine, de toutes les illustrations.
Portrait d'A. France par *Mongin*, tiré sur Chine, ajouté.

154. FRANCE (Anatole). Balthasar et la reine Balkis. Aquarelles originales d'après Henri Caruchet. *Paris, L. Conquet, Carteret Suc*r, 1900, in-8, broché.

Exemplaire imprimé sur papier vélin du Marais, offert par l'éditeur à M. Jacob.

155. FRANCE (Anatole). Mémoires d'un volontaire. Compositions de Adrien Moreau, gravées à l'eau-forte par Xavier Lesueur. *Paris, A. Ferroud,* 1902, in-8, broché.

Exemplaire (n° 193) imprimé sur papier vélin d'Arches. Prospectus ajouté.

156. GALERIE DES ARTISTES DRAMATIQUES de Paris. 80 portraits en pied dessinés d'après nature par Al. Lacauchie, et accompagés d'autant de portraits litiéraires. *Paris, Marchant,* 1841, 2 tomes en 1 vol. in-4, chagrin vert, fil., dent. int., tr. dor. (*Bunel*).

80 portraits lithographiés tirés sur Chine.

157. GALIBERT (Léon). L'Algérie ancienne et moderne depuis les premiers établissements des Carthaginois jusqu'à la prise de la smalah d'Abd-el-Kader. Vignettes par Raffet et Rouargue frères. *Paris, Furne et C*ie, 1844, gr. in-8, veau bleu, ornements à froid sur les plats, dos orné, tr. dor. (*Rel. de l'époque*).

Edition ornée de 24 vues gravées sur acier, gravées par *Rouargue frères*, 12 planches de costumes militaires coloriées, par *Raffet* et une carte. Vignettes sur bois dans le texte.

158. GALIBERT (Léon) et PELLÉ (C.). Constantinople ancienne et moderne : comprenant aussi les sept églises de l'Asie mineure. Illustrés d'après les dessins pris sur les lieux par Thomas Allom ; précédées d'un essai historique sur Constantinople et de la description des monuments de Constantinople et de sept églises de l'Asie mineure, par MM. Léon Galibert et C. Pellé. *Paris, et Londres, Fisher, fils et C*ie, *s. d.*, 3 parties en 1 vol. in-4, chagrin rouge, ornements dorés sur les plats, dos orné, tr. dor.

Ouvrage orné de 3 frontispices, 91 planches gravées sur acier et 2 cartes.
Reliure des éditeurs bien conservée.

159. GALLAND. Les mille et une nuits, contes arabes, réimprimés sur l'édition originale avec une préface de Jules Janin. 21 eaux-fortes par Ad. Lalauze. *Paris, Libr. des bibliophiles,* 1881, 10 vol. in-12, cartonn. dos et coins mar. La Vall. clair, tête dor., non rognés, couvert. (*Champs*).

Cet exemplaire renferme la suite des 21 eaux-fortes de *A. Lalauze* en deux états : AVANT et avec la lettre.

160. GAUTIER (Théophile). Émaux et Camées. Cent douze dessins de Gustave Fraipont. Préface par Maxime du Camp. *Paris, L. Conquet*, 1887, in-16, broché.

Exemplaire (n° 380) imprimé sur papier vélin du Marais.

161. GAUTIER (Théophile). Militona. Un portrait et 10 compositions de Adrien Moreau, gravés par A. Lamotte. *Paris, L. Conquet*, 1887, in-8, broché.

Exemplaire n° 153, imprimé sur papier vélin du Marais.

162. GAUTIER (Théophile). Le petit Chien de la marquise. Préface de Maurice Tourneux. Vingt et un dessins de Louis Morin. *Paris, L. Conquet*, 1893, in-16, dos et coins mar. vert, tête dor., non rogné, couvert. illust. (*Champs*).

Un des 150 exemplaires (n° 104) imprimés sur papier vélin blanc, contenant les FIGURES AQUARELLÉES.
Portrait gravé par *Nargeot*, ajouté.

163. GAUTIER (Théophile). Jean et Jeannette, illustré de 24 compositions par Ad. Lalauze. Préface par Léo Claretie. *Paris, A. Ferroud*, 1894, in-8, broché.

Exemplaire (n° 119) imprimé sur PAPIER DU JAPON, contenant les eaux-fortes en DEUX états : AVANT la lettre avec remarque et avec la lettre.

164. GAUTIER (Théophile). Le Pavillon sur l'eau. Compositions en couleurs de Henri Caruchet. Préface par Camille Mauclair. *Paris, A. Ferroud*, 1900, in-8, broché.

Exemplaire n° 127 imprimé sur PETIT PAPIER DU JAPON.

165. GAUTIER (Théophile). Le Roman de la momie. Quarante-deux compositions originales de Alex. Lunois, gravées au burin et à l'eau-forte par Léon Boisson. *Paris, Librairie L. Conquet, L. Carteret et Cie succ.*, 1901, in-8, broché.

Exemplaire n° 201 imprimé sur papier vélin du Marais. Prospectus ajouté.

166. GAVARNI. D'après nature. Texte par J. Janin, Paul de Saint-Victor, Ed. Texier, Ed. et J. de Goncourt. *Paris, Morizot, s. d.*, in-4, demi-rel. chagrin rouge, plats toile, titre doré sur le premier plat, tr. dor.

Texte et 40 lithographies.
On y joint : GAVARNI. Œuvres choisies. Les Enfants terribles, les lorettes, les actrices, etc., etc., 520 grands dessins. *Paris, aux bureaux du Figaro et de l'Autographe, s. d.*, in-fol. broché.

167. GAVARNI. Masques et visages. *Paris, Librairie du Figaro* [et]

Docks de la librairie, 1868, gr. in-8, toile rouge, fil. à froid, dos orné, tr. dor. (*Cartonn. de l'éditeur*).

168. GAVARNI. Œuvres choisies, revues, corrigées et nouvellement classées par l'auteur. Etudes de mœurs contemporaines. Les Enfants terribles. Les Lorettes. Les Actrices. Le Carnaval à Paris, etc. *Paris, J. Hetzel*, 1846-1848, 4 tomes en deux vol. gr. in-8, demi-rel. chagrin vert, plats toile, tête dor., ébarbés (*Amand*).

Il manque 1 planche aux *Débardeurs* et 1 planche du *Carnaval à Paris* a eté reliée avec celles des *Etudiants de Paris*.

On y a joint : Gavarni. Les Gens de Paris (Parisiens de Paris, Présenteurs et présentés, Ceintures dorées, En Carnaval, Artistes, Politiqueurs, etc., etc.), 211 planches, 1 vol. in-8, demi-rel. chagrin vert, plats toile, tète dor., ébarbés (*Amand*).

169. GOETHE. Le Renard (Reineke Fuchs), traduit par Edouard Grenier, illustré par Kaulbach. *Paris, collection J. Hetzel et Jamar, Michel Lévy frères, s. d.* (1861), gr. in-8, cartonn., dos et coins mar. La Vall., tête dor., non rogné, couverture (*Champs-Stroobants*).

Premier tirage.

170. GOETHE. Faust, tragédie. Traduction d'Albert Stapfer, avec une préface par P. Stapfer. Dessins de J.-P. Laurens, gravés par Champollion. *Paris, Librairie des bibliophiles*, 1885, gr. in-8, cartonn., dos et coins mar. grenat, tête dor., non rogné, couvert. (*Champs*).

Un des 25 exemplaires (nº 15) imprimés sur papier de Chine, contenant les eaux-fortes en deux états : avant et avec la lettre.

171. GOETHE. Les Souffrances du jeune Werther. Traduction nouvelle par Mme Bachellery, avec une préface par Paul Stapfer. Eaux-fortes de Lalauze. *Paris, Libr. des bibliophiles*, 1886, in-12, cartonn., dos et coins mar. La Vall., tête dor., non rogné, couvert. (*Champs*).

Un des 20 exemplaires (nº 13) imprimés sur papier de Chine, contenant les eaux-fortes en deux états : avant et avec la lettre.

172. GOLDSMITH. Le Vicaire de Wakefield. Traduction nouvelle par Charles Nodier, avec une notice par le même sur la vie et les œuvres des Goldsmith. Vignettes par Tony Johannot. *Paris, publié par Hetzel*, 1844, in-8, chagrin rouge, grande plaque dorée sur les plats, dos orné, tr. dor. (*Rel. de l'éditeur*).

Premier tirage.

Edition illustrée de 10 vignettes hors texte, gravées sur acier par *Revel*, d'après *T. Johannot*.

173. GOLDSMITH. Le Vicaire de Wakefield. *Paris, publié par J. Hetzel*, 1844, in-8, cartonn. toile violette, fers spéciaux, tr. dor. (*Cartonn. de l'éditeur*).

Même édition.

174. GOLDSMITH. Le Vicaire de Wakefield, de Goldsmith, traduction, préface et notes par Charles Nodier. Nouvelle édition. Eaux-fortes par Ad. Lalauze. *Paris. Librairie des bibliophiles*, 1888, 2 vol. in-12, dos et coins mar. bleu, tête dor., non rognés, couvert. (*Champs*).

Cet exemplaire renferme la suite du portrait et des 8 eaux-fortes de *Lalauze*, en deux états : AVANT et avec la lettre.

175. GONCOURT (Edm. et J. de). Renée Mauperin, avec 2 eaux-fortes de Edm. Morin. *Charpentier*, 1880. — SAINT-GERMAIN (J.-T. de). Pour une épingle, avec deux dessins de Guillaume Allaux. *Id*, 1884. — Ens. 2 vol. in-18, cartonn. mar. rouge et bleu à longs grains, tête dor., non rognés (*Champs*).

De la « Petite bibliothèque Charpentier. ».
Exemplaires imprimés sur *papier de Chine*, contenant 2 états des gravures.

176. GONCOURT (Edmond de). La Fille Elisa. Compositions et eaux-fortes originales de Georges Jeanniot. *Paris, E. Testard*, 1895, in-8, broché.

Un des 160 exemplaires (n° 179) imprimés sur papier vélin à la cuve.
Prospectus ajouté.

177. GOUDEAU (Emile). Paysages parisiens. Heures et saisons. Illustrations composées et gravées sur bois et à l'eau-forte par Auguste Lepère. *Paris, imprimé pour Henri Béraldi*, 1892, in-8, broché.

Imprimé à 138 exemplaires seulement sur papier vélin, orné de 5 eaux-fortes hors texte et de 42 figures sur bois dessinées et gravées par *Auguste Lepère*.

178. GOUDEAU (Émile). Tableaux de Paris. Paris qui consomme. Dessins de Pierre Vidal. *Paris, imprimé pour Henri Béraldi*, 1893, gr. in-8, broché.

Tirage unique à 138 exemplaires (n° 89) imprimés sur papier vélin des Vosges. Illustrations en couleurs.

179. GOUDEAU (Émile). Poèmes parisiens. Illustrations de Ch. Jouas, gravées sur bois par H. Paillard. *Paris, imprimé pour H. Béraldi*, 1897, in-8, broché.

Tirage unique à 138 exemplaires (n° 88) sur papier de Chine.

180. GRANDVILLE. Les Métamorphoses du jour, accompagnées d'un texte par MM. Alberic Second, Louis Lurine. T. Delord, Louis Huart, etc., précédées d'une notice sur Grandville par M. Charles Blanc. *Paris, Gustave Havard,* 1854, gr. in-8, demi-rel. veau fauve, non rogné.

PREMIER TIRAGE.

Orné de 70 planches hors texte, gravées sur bois et coloriées.

On y a joint une couverture de livraison et le prospectus de la publication.

181. GRESSET. Œuvres choisies, précédées d'un essai sur sa vie et ses écrits par M. Campenon. *Paris, Janet et Cotelle,* 1823, gr. in-8, figure, dos et coins mar. rouge, fil., dos orné, tête dor., non rog.

Exemplaire imprimé sur GRAND PAPIER VÉLIN, contenant la figure de *Desenne,* AVANT la lettre.

On y a ajouté :

1° La suite du portrait de Gresset, gravé par *Aug. de Saint-Aubin,* d'après *Nattier,* et des 6 figures in-18, dessinées par *Moreau le jeune,* gravées par *Duhamel, J.-B. Simonet, Dupréel, N. Thomas.*

2° 1 figure pour *la Chartreuse,* par *Devéria,* gravée par *J.-M. Fontaine.*

182. GRYPERL. Phonographie de l'amour, aggravée d'un commentaire au crayon par Lucien Métivet. *Paris, Ollendorff,* 1895, pet. in-8, broché.

Cet exemplaire est enrichi sur le faux-titre d'une aquarelle ORIGINALE de LUCIEN MÉTIVET.

183. GUILBERT (Aristide). Histoire des villes de France, avec une introduction générale pour chaque province. *Paris, Furne et Cie,* 1844-1848, 6 vol. gr. in-8, demi-rel. chagrin grenat, tête dor., non rognés.

Ouvrage orné de nombreuses gravures et de planches de blasons coloriées hors texte.

184. HALÉVY (Ludovic). Trois coups de foudre. Dix dessins de Kauffmann, gravés par T. De Mare. *Paris, L. Conquet,* 1886, in-16, broché.

Exemplaire (n° 456) imprimé sur papier vergé du Marais.

185. HALÉVY (Ludovic). L'Abbé Constantin. Illustré par Madeleine Lemaire. *Paris, Boussod, Valadon et Cie,* 1887, in-4, broché.

Exemplaire (n° 83) imprimé sur PAPIER DU JAPON, contenant les figures en TROIS ÉTATS : en camaïeu sur WHATMAN, en bistre sur JAPON AVANT la lettre, et avec la lettre.

On y a ajouté une AQUARELLE ORIGINALE de JULES ADELINE et un portrait de L. Halévy gravé par *Abot,* épreuve sur Japon avec remarque.

186. HALEVY (Ludovic). Karikari. Aquarelles d'après Henriot. *Paris, L. Conquet*, 1888, in-18, broché.

Édition non mise dans le commerce.
Exemplaire imprimé sur PAPIER DU JAPON, contenant les vignettes coloriées ; offert par l'éditeur à M. Jacob.

187. HALÉVY (Ludovic). Mariette. Quarante compositions de Henry Somm. *Paris, L. Conquet*, 1893, in-8, broché.

Un des 50 exemplaires (n° 137) imprimés sur PAPIER DE CHINE, avec les encadrements tirés en bistre.

188. HALÉVY (Ludovic). La Famille Cardinal. *Paris, Calmann-Lévy*, 1883, in-16, dos et coins mar. saumon, tête dor., non rogné, couvert. (*Champs*).

Exemplaire contenant le frontispice et les 8 vignettes de *Mas*, gravés par *Masssard*, publiés par la Librairie Conquet.

189. HALÉVY (Ludovic). La Famille Cardinal. Illustrations de Charles Léandre. *Paris, Emile Testard*, 1893, in-8, broché.

Papier vélin. On y a joint la suite des 10 eaux-fortes de *Muller*, d'après *Léandre*, en un carton toile brune.

190. HAMILTON (Antoine). Mémoires du comte de Grammont par Antoine Hamilton. Un portrait de A. Hamilton et trente-trois compositions de C. Delort, gravées au burin et à l'eau-forte par L. Boisson. Préface de H. Gausseron. *Paris, Librairie L. Conquet*, 1888, gr. in-8, cartonn. dos et coins mar. rouge, dos mosaïqué, tête dor., non rogné, couverture (*Champs*).

Un des 500 exemplaires (n° 231) imprimés sur papier vélin du Marais.

191. HARAUCOURT (Edmond). L'Effort. La Madone. L'Antéchrist. L'Immortalité. La Fin du monde. *A Paris, publié pour les sociétaires de l'Académie des beaux livres*, 1894, in-4, broché.

Illustrations de *Rudnicki*, *Lunois*, *E. Courboin*, *Carloz Schwabe*, *A. Léon*. Publication de la Société des Bibliophiles contemporains.

192. HENNIQUE (Léon). La Mort du duc d'Enghien, en trois tableaux. Compositions de Julien Le Blant ; eaux-fortes de Louis Muller. *Paris, Emile Testard*, 1895, in-8, broché.

Exemplaire imprimé sur papier vélin.
Prospectus ajouté.

193. HENNIQUE (Léon). Pœuf. Édition illustrée de 45 dessins inédits de Jeanniot, gravés sur bois par Viéjo. *Paris, H. Floury*, 1899, in-8, broché.

Un des 40 exemplaires (n° 38) imprimés sur PAPIER DU JAPON A LA FORME.

194. HENNIQUE (Léon). Deux Patries, drame en cinq tableaux dont un prologue. Nouvelle édition illustrée de compositions originales par Bertrand, gravées au burin et à l'eau-forte par Léon Boisson. *Paris, Librairie L. Conquet, Carteret et Cie*, 1903, in-8, broché.

Exemplaire (n° 158) imprimé sur papier vélin du Marais.

195. HENRIOT. Napoléon aux enfers. Illustrations par l'auteur. *Paris, L. Conquet,* 1895, in-12, broché.

Exemplaire offert par l'éditeur à M. Jacob.

196. HENRIOT. L'Année parisienne. Texte et dessins par Henriot. *Paris, L. Conquet*, 1894, in-12, broché, dans un cartonnage.

Édition tirée à 300 exemplaires non mis dans le commerce.
Exemplaire offert par l'éditeur à M. Jacob.

197. HISTOIRE DES QUATRE FILS AYMON, très nobles te très vaillans chevaliers. Illustrée de compositions en couleurs par Eugène Grasset. Introduction et notes par Charles Marcilly. *Paris, H. Launette*, 1883, in-4, en feuilles dans trois cartons.

198. HOFFMANN. Contes fantastiques de Hoffmann, traduction nouvelle : précédés de souvenirs intimes sur la vie de l'auteur par P. Christian. Illustrés par Gavarni. *Paris, Lavigne*, 1843, gr. in-8, dos et coins mar. rouge, fil., dos orné, tête dorée, ébarbé.

Premier tirage.
Gravures sur bois hors texte et dans le texte, par *Gavarni*.

199. HOMÈRE. Odyssée, traduction nouvelle, accompagnée de notes, d'explications et de commentaires, et précédée d'une introduction par Eugène Bareste, illustrée par MM. Théod. Devilly et A. Titeux. *Paris, Lavigne*, 1842. — Iliade, traduction nouvelle, accompagnée de notes, d'explications et de commentaires, et précédée d'une introduction par Eugène Bareste, illustrée par MM. A. Titeux et A. De Lemud. *Ibid., id.*, 1843. — Ens. 2 vol. in-8, dos et coins mar. La Vall., fil., dos orné, non rognés, couvertures (*Champs*).

Premier tirage.
300 gravures sur bois, dans le texte, et 24 hors texte, dont 12 pour chaque volume.

200. HOUSSAYE (Arsène). Les cent et un sonnets de Arsène Houssaye. Gravures et eaux-fortes. *Paris, Librairie à estampes, Jules Maury et Cie, s. d.* (1874), in-4, broché.

Édition originale, tirée à 500 exemplaires numérotés.

201. HUGO (Victor). Œuvres. Nouvelle édition ornée de 34 vignettes gravées sur acier d'après les compositions de MM. Raffet, Tony Johannot, Colin, Louis Boulanger, etc. *Paris, Furne et Cie*, 1840-1846, 16 vol. in-8, brochés.

On y a joint : *Les Contemplations. Michel Lévy*, 1856, 2 vol. Deuxième édition.

202. HUGO (Victor). Dessins de Victor Hugo gravés par Paul Chenay. Texte par Théophile Gautier. *Paris, Castel*, 1863. Gr. in-4, dos chagrin brun, plats toile brune, fil. à froid et dor., fers spéciaux et titre, tête dor., ébarbé (*Rel. de l'éditeur*).

Edition originale du texte de Gautier. L'ouvrage contient 1 portrait de Victor Hugo, gravé par *Chenay* d'après une photographie de 1857, 11 bois dans le texte gravés par *Gérard*, 1 frontispice en couleurs et 12 planches gravées sur cuivre par *Chenay*, le tout d'après des dessins de *Victor Hugo*.

On a joint un portrait de Victor Hugo, héliogravure d'après un tableau de Bonnat et des caricatures, découpées de journaux illustrés.

203. HUGO (Victor). Notre-Dame de Paris. Edition illustrée d'après les dessins de MM. E. de Beaumont, L. Boulanger, Daubigny, T. Johannot, de Lemud, Meissonier, C. Roqueplan, Steinheil, gravés par les artistes les plus distingués. *Paris, Perrotin*, 1844, gr. in-8, demi-rel. chagrin vert, tr. jasp.

PREMIER TIRAGE.

204. HUGO (Victor). Notre-Dame de Paris : illustrations de Luc-Olivier Merson. *Paris, A. Ferroud*, 1889, 2 vol. in-4, brochés, et 1 album in-4, dans un carton.

Un des 50 exemplaires (nº 17) imprimés sur papier vergé à la forme, contenant deux états des grandes compositions hors texte : AVANT et avec la lettre, et une double suite de toutes les gravures du texte.

On y a joint 2 AQUARELLES ORIGINALES de H. DE STA pouvant servir de frontispice à chacun des volumes.

205. HUGO (Victor). Ruy Blas, drame en cinq actes. Un portrait et quinze compositions de Adrien Moreau, gravées à l'eau-forte par Champollion. *Paris, L. Conquet*, 1889, gr. in-8, broché.

Exemplaire (nº 268) imprimé sur papier vélin du Marais.

206. HUGO (Victor). Hernani, drame en cinq actes. Un portrait d'après Devéria et quinze compositions de Michelena, gravés à l'eau-forte par Boisson. *Paris, L. Conquet*, 1890, gr. in-8, broché.

Exemplaire (nº 178) imprimé sur papier vélin du Marais.

207. HUYSMANS (J.-K.). Croquis parisiens. Eaux-fortes de Forain et Raffaelli. *Paris, Henri Vaton*, 1880. In-8, cartonn. dos et coins

mar. bleu, dos orné et mosaïqué, tête dor., non rog., couverture (*Champs*).

Exemplaire imprimé sur papier de Hollande, contenant 1 frontispice et 7 eaux-fortes.

On y a ajouté 2 planches de Forain refusées par l'auteur comme ne se rapportant pas à son sujet.

208. HUYSMANS (J.-K.). A rebours. Deux cent vingt gravures sur bois en couleurs par Auguste Lepère. *Pour les Cent bibliophiles. Paris,* 1903, in-8, en feuilles, dans un carton.

Edition tirée à 130 exemplaires (nº 56).

Un des livres modernes illustrés les plus recherchés.

209. HUYSMANS (J.-K.). Les sœurs Vatard. Illustrées de vingt-huit compositions, dont cinq hors texte en couleurs, par J.-F. Raffaëlli. Préface de Lucien Descaves. *Paris, F. Ferroud,* 1909, gr. in-8, dos et coins mar. grenat, tête dor., non rogné, couvert. (*Stroobants*).

Un des exemplaires (nº 92) imprimés sur GRAND VÉLIN D'ARCHES contenant les eaux-fortes en deux états, dont un AVANT la lettre et avec remarque.

210. IBELS (H.-G.). Les Demi-Cabots. Le Café-concert, le cirque, les forains. Textes de G, d'Esparbès, A. Ibels, M. Lefèvre, G. Montorgueil. *Paris, Charpentier et Fasquelle et L. Conquet,* 1896, pet. in-8, cartonn. dos et coins mar. bleu. tête dor., non rogné, couvert. (*Champs*).

Un des 100 exemplaires (nº 47) imprimés sur PAPIER DE CHINE.

211. IMAGE (L'), revue artistique et littéraire ornée de figures sur bois. *Paris, H. Floury,* 1896-1897, in-4, en fascicules, dans un carton.

Première année complète.

212. IMITATION DE JÉSUS-CHRIST (L'). Traduction de Michel de Marillac, précédée d'une préface par Louis Veuillot. *Paris, Glady frères,* 1876. In-8, figures, dos et coins mar. brun, dos orné de croix à froid, tête dorée, ébarbé, couvert. (*V. Champs*).

Edition ornée de 14 eaux-fortes par *Jacquemart, H. Lehmann, F. Chifflart* et autres.

On a joint la suite des 10 eaux-fortes, dessinées par *J.-P. Laurens*, gravées par *L. Flameng*, de l'*Imitation* publiée par Quantin en 1878.

213. JANIN (Jules). Deburau. Histoire du théâtre à quatre sous, pour faire suite à l'histoire du théâtre français. Seconde édition. *Paris, Ch. Gosselin,* 1832, 2 vol. in-12, cartonn. demi-mar. bleu, tête dor., non rognés, couvert. (*Champs*).

2 frontispices gravés sur bois par *Porret,* d'après *Chenavard* et 2 por-

traits de Deburau gravés sur bois par *Porret* et *Chevrier,* d'après *Bouquet.*

Les couvertures sont doublées.

214. JANIN (Jules). L'Ane mort. Édition illustrée par Tony Johannot. *Paris. Ernest Bourdin,* 1842, gr. in-8, dos et coins mar. bleu, dos orné et mosaïqué. tête dor., non rogné, couvert. illust. (*Champs*).

1 portrait de Jules Janin gravé sur acier par *Revel*; 12 bois hors texte tirés sur papier teinte Chine et 100 vignettes dans le texte, gravées sur bois par *T. Johannot.*

PREMIER TIRAGE.

215. JANIN (Jules). La Révolution française. Ouvrage dirigé et publié par M. J.-G.-D. Armengaud. *Paris. Imp. de Ch. Lahure et Cie*, 1862-1865, 2 vol. in-4, dos et coins mar. rouge, tête dor., ébarbés.

Nombreuses illustrations hors texte et dans le texte gravées sur bois.

216. JOURNAL POUR RIRE (Le). Dessins par Bertall, G. Doré, H. Emy, etc., année 1848 complète. — L'AUTOGRAPHE. 1864-1865. — L'AUTOGRAPHE au Salon de 1864 et dans les ateliers, 82 croquis originaux. — L'AUTOGRAPHE. Evénements de 1870-1871. — ALBUM AUTOGRAPHIQUE. L'Art à Paris en 1867. Peinture, sculpture, architecture. — LES SALONS. Dessins autographes de 314 artistes. — ALBUM du grand Journal. 300 dessins. — Ens. 7 vol. in-fol. oblongs, demi-rel. chagrin rouge, vert et bleu.

217. KEEPSAKES. Réunion de 3 vol. gr. in-8 et in-8, chagrin grenat. bleu et rouge, grande plaque dorée sur chaque vol., tr. dor. (*Rel. de l'époque*).

LIS ET VIOLETTE, nouveau keepsake (Texte par A. Michel, P. Beraud, J. Autran, etc.). *Paris, Desrosiers, s. d.*, 7 gravures sur acier. — PARIS-LONDRES. Keepsake français. 1842. Nouvelles illustrées par 26 vignettes gravées à Londres par les meilleurs artistes. *Paris, Delloye*, 1842. — VEUILLOT (Louis). Keepsake chrétien. Les Pèlerinages en Suisse. *Paris, Canuet*, 1839. 2 parties en 1 vol., 12 gravures sur acier.

218. LA BEDOLLIÈRE (Émile de). Les Industriels : métiers et professions en France. Avec cent dessins par Henry Monnier. *Paris. Louis Janet*, 1842, in-8, dos et coins mar. bleu, fil., dos orné. non rogné, couv. illust. (*Champs*).

30 planches hors texte par *H. Monnier.*

La couverture est doublée et a été coupée.

219. LA BÉDOLLIÈRE (Émile de). Londres et les Anglais, illus-

trés par Gavarni. *Paris, Gustave Barba, s. d.* (1862), gr. in-8, dos et coins mar. rouge, tête dor., non rogné, couvert. (*Champs*).

Premier tirage.

220. LABORDE (Cte Alexandre de). Versailles ancien et moderne. *Paris, Imp. Schneider et Langrand*, 1841, gr. in-8, mar. vert, comp. de fil. à froid et fleurons aux angles, dos orné, tr. dor. (*Petit, succ. de Simier*).

Ouvrage orné de nombreuses illustrations dans le texte.
On y joint 3 lettres autographes du Comte A. de Laborde relatives à son élection au Corps législatif et adressées à M. Corpéchot, notaire à Meréville (Seine-et-Oise).

221. LA BRUYÈRE. Les Caractères, avec 18 gravures à l'eau-forte par V. Foulquier. *Tours, A. Mame et fils*, 1867, gr. in-8, cartonn., dos et coins mar. vert foncé, tête dor., non rogné, couvert. (*Champs*).

Exemplaire imprimé sur papier vélin fort, contenant le tirage a part sur Chine de toutes les eaux-fortes.
Portrait de La Bruyère par *Saint-Aubin*, ajouté.

222. LACROIX (Paul). Vie militaire et religieuse au moyen âge et à l'époque de la Renaissance. *Paris, Firmin Didot et Cie*, 1877. — Sciences et lettres au moyen âge et à l'époque de la Renaissance. *Ibid., id.*, 1877. — Mœurs, usages et costumes au moyen âge et à l'époque de la Renaissance. *Ibid., id.*, 1877. — Les Arts au moyen âge et à l'époque de la Renaissance. *Ibid., id.*, 1877. — Ens. 4 vol. gr. in-8, dos et coins chagrin vert, tête dor., ébarbés.

Chaque volume est orné de chromolithographies et de gravures sur bois.
Un des 100 exemplaires imprimés sur papier a la forme.

223. LACROIX (Paul). xviie siècle. Institutions, usages et costumes. Lettres, sciences et arts. France. 1590-1700. *Paris, Firmin Didot et Cie*, 1880-1882, 2 vol. — xviiie siècle. Institutions, usages et costumes. Lettres, sciences et arts. France. 1700-1789. *Ibid., id.*, 1878, 2 vol. — Directoire, Consulat et Empire. Mœurs et usages, lettres, sciences et arts. France. 1795-1815. *Ibid., id.*, 1884. — Ens. 5 vol. gr. in-8, dos et coins mar. rouge, tête dor., non rognés.

Chaque volume est orné de chromolithographies et de gravures sur bois.

224. LACROIX (Paul). xviiie siècle. Institutions, usages et costumes. France. 1700-1789. Ouvrage illustré de 21 chromolithographies et de 350 gravures sur bois, d'après Watteau, Vanloo, Rigaud, Boucher, Lancret, etc., etc. *Paris, Firmin Didot frères,*

1875, in-8, demi-rel. chagrin rouge, plats toile, fers spéciaux, tr. dor. (*Rel. des éditeurs*).

225. LACROIX (Paul). Ma République; précédée d'un à-propos de l'auteur. Sept eaux-fortes originales de Ed. Rudaux. *Paris, L. Carteret*, 1902, pet. in-8, broché.

Exemplaire imprimé sur papier de Hollande, offert par l'éditeur à M. Jacob.

Portrait de Paul Lacroix ajouté.

226. LA FAYETTE (Mme de). La Princesse de Clèves. Préface par Anatole France. Un portrait et douze compositions de Jules Garnier, gravées par A. Lamotte. *Paris, Librairie L. Conquet*, 1889, in-8, cartonn., dos et coins mar. bleu, dos orné, tête dorée, non rogné (*Champs*).

Edition tirée à 500 exemplaires (n° 174).

227. LA FIZELIÈRE (Albert de). Histoire de la crinoline, suivie de la satyre sur les cerceaux, paniers, etc., par le chevalier de Nisard, et de l'indignité et de l'extravagance des paniers par un prédicateur. *Paris, Aubry*, 1859, in-12, cartonn. toile blanche, non rogné (*Couvert. illust.*).

228. LA FONTAINE. Contes et nouvelles en vers. *A Paris, Leclère fils*, 1861, 2 vol. pet. in-8, vignettes de Duplessi-Bertaux, dos et coins mar. vert clair, tête dor., non rognés.

Tirage à cent exemplaires (n° 5) sur papier Whatman.

229. LA FONTAINE. Fables, illustrées par J.-J. Grandville. Nouvelle édition. *Paris, H. Fournier aîné*, 1838, 2 vol. in-8, dos et coins mar. bleu clair, fil., dos orné, tête dor., ébarbés, couvertures (*Champs*).

Frontispice sur Chine volant et 120 bois tirés à part.

On a inséré dans les 2 volumes la seconde série de 120 vignettess de *Grandville*, gravées sur bois et tirées à part, précédées d'un frontipice sur Chine volant.

Un deuxième exemplaire du frontispice de l'ouvrage, rogné et collé sur papier fort, a été mis en tête du tome deuxième.

230. LA FONTAINE. Fables, avec les dessins de Gustave Doré. *Paris, Hachette et Cie*, 1868, gr. in-4, dos et coins mar. rouge, tête dor., non rogné, couvert. (*Champs-Stroobants*).

Premier tirage.

231. LAMARTINE (de). Graziella, avec une préface par L. de Ronchaud. Dessins de Bramtot, gravés par Champollion. *Paris, Lib. des bibliophiles*, 1886, pet. in-8, broché.

232\. LA SALLE (Albert de). L'Hôtel des haricots, maison d'arrêt de la garde nationale de Paris. 70 dessins par Edmond Morin. *Paris, Dentu, s. d.* (1864), pet. in-8, dos et coins mar. grenat, tête dor., non rogné, couvert. (*Champs*).

PREMIER TIRAGE.
Les couvertures sont doublées.

233\. LAS CASES (Cte de). Mémorial de Sainte-Hélène ; suivi de Napoléon dans l'exil, par MM. O'Meara et Antomarchi, et de l'historique de la translation des restes mortels de l'Empereur Napoléon aux Invalides. *Paris, Ernest Bourdin,* 1842, 2 vol. gr. in-8, dos et coins mar. vert, tête dor., non rognés (*Champs*).

PREMIER TIRAGE.
Edition illustrée, par *Charlet*, de 500 vignettes dans le texte, de 29 grands sujets à part, gravés sur bois, et tirés sur *papier de Chine*, et de 2 cartes, l'une de l'île Sainte-Hélène, l'autre pour la Campagne d'Italie.
2 couvertures de livraisons ajoutées.

234\. LAVALLÉE (Théophile). Histoire des Français depuis le temps des Gaulois jusqu'en 1830. 80 gravures sur acier formant la galerie complète des portraits des rois de France et des personnages les plus célèbres, d'après les tableaux authentiques du Musée de Versailles. Cinquième édition, revue et corrigée. *Paris, J. Hetzel,* 1845, 2 vol. in-8, cartonn. toile bleue. fers spéciaux, tr. dor. (*Cartonn. de l'éditeur*).

235\. LAVALETTE (S.). Fables. illustrées par Grandville, suivies de poésies diverses illustrées par Gérard Seguin. *Paris. J. Hetzel et Paulin,* 1841, gr. in-8, dos et coins mar. La Vall., dos orné, tête dorée, non rogné, couverture (*Champs*).

PREMIÈRE ÉDITION et tirage original des 24 planches dessinées par *Grandville* et *Gérard Seguin*, et gravées à l'eau-forte.
On a joint, en guise de frontispice, un portrait de S. Lavalette, dessiné par *Meissonier*, gravé par *Buland*. Il a été remonté.

236\. LEMAITRE (Jules). Contes blancs. La Cloche, la Chapelle blanche, Mariage blanc. Illustrations à l'aquarelle de Mlle Blanche Odin. *Paris. A. Durel,* 1900, pet. in-4 broché.

Edition publiée à 210 exemplaires sur papier vélin par Octave Uzanne, pour les *Bibliophiles indépendants* ; ils contiennent le TIRAGE A PART au trait des illustrations.

237\. LE MAOUT (Emm.). Botanique, organographie et taxonomie. Histoire naturelle des familles végétales et des principales espèces suivant la classification de M. Adrien de Jussieu. Avec l'indication de leur emploi dans les arts, les sciences et le commerce. *Paris, L. Curmer*, 1852, gr. in-8, figures, cartonn., non rogné (*Cart. illust. de l'éditeur*).

Frontispice et 49 planches hors texte, gravées sur bois, dont 30 coloriées représentant des plantes; figures de plantes dans le texte, également gravées sur bois.

238. LE ROUX (Hugues). 1892. Calendrier parisien. Treize lithographies par Dillon. *Paris, L. Conquet*, 1892, in-16, broché.

Exemplaire imprimé sur papier vélin non mis dans le commerce et offert par l'éditeur à M. Jacob.

239. LE SAGE. Histoire de Gil Blas de Santillane. Vignettes par Jean Gigoux. *Paris, chez Paulin*, 1835, gr. in-8, dos et coins mar. violet, tête dor., ébarbé (*Amand*).

Premier tirage.

240. LE SAGE, Le Diable boiteux, par Le Sage, illustré par Tony Johannot, précédé d'une notice sur Le Sage, par M. Jules Janin. *Paris, Ernest Bourdin et Cie*, 1840, gr. in-8, demi-rel. mar. violet, tête dor., ébarbé.

Premier tirage.

Edition ornée d'un portrait du Diable Boiteux tiré sur papier de Chine, et de 140 figures gravées sur bois dans le texte.

241. LIREUX (Auguste). Assemblée nationale comique. Illustré par Cham. *Paris, Michel Lévy frères*, 1850, gr. in-8, dos et coins mar. rouge, tête dor., ébarbé.

Premier tirage.

Ouvrage orné de 20 planches hors texte, gravées sur bois et de nombreuses vignettes dans le texte également gravées sur bois.

242. LIVRE D'OR DES METIERS. *Paris*, 1850-1858, 7 tomes en 4 vol. gr. in-8, dos et coins mar. La Vall., tête dor., non rognés (*Champs*).

Lacroix (Paul) et Séré (F.). Histoire de l'orfèvrerie-joaillerie et des anciennes communautés d'orfèvres-joailliers de la France et de la Belgique. — Lacroix (Paul), Fournier (Ed.) et Séré (F.). Histoire de l'imprimerie et des arts et professions qui se rattachent à la typographie. — Lacroix (Paul), Bégin (E.) et Séré (F.). Histoire de la charpenterie et des anciennes communautés et confréries de charpentiers de la France et de la Belgique. — Molé, Thiers, Dulaure et autres. Histoire de la coiffure, de la barbe et des cheveux postiches, depuis les temps les plus reculés jusqu'à nos jours. — Lacroix (Paul), Duchesne (Alph.) et Séré (F.). Histoire des cordonniers et des artisans dont la profession se rattache à la cordonnerie. — Michel (Francisque) et Fournier (Ed.). Histoire des hôtelleries, cabarets, hôtels garnis, restaurants et cafés, et des anciennes communautés et confréries d'hôteliers, de marchands de vins, de restaurateurs, de limonadiers, etc., etc.

Chaque ouvrage est orné de nombreuses figures dans le texte gravées sur bois, de planches hors texte, en noir et coloriées.

243. **LIVRES ILLUSTRÉS DU XIXe SIÈCLE.** 6 vol. in-8, demi-rel. chagrin vert, bleu et rouge, tr. dor.

Demidoff (A. de). Voyage dans la Russie méridionale et la Crimée. Édition illustrée de 64 dessins par Raffet. *Paris, Bourdin, s. d.* — Galerie des femmes de Byron. 39 planches. *Paris, Rittner*, 1837. — Lamartine. Jocelyn, épisode. *Paris, Gosselin*, 1841, figures (Premier tirage). — Lespès (Leo). Le Livre couleur de rose. Keepsake-album pour 1861, orné de 12 gravures sur acier. *Paris*, 1861. — Sévigné (Mme de). Lettres choisies, ornées de portraits historiques dessinés par Staal. — Töpffer (R.). Voyages en zigzag, ou excursions d'un pensionnat en vacances dans les cantons suisses et sur le revers italien des Alpes, illustrés d'après les dessins de l'auteur par M. Calame. *Paris, Dubochet*, 1846.

244. **LONGUS.** Daphnis et Chloé. Traduction d'Amyot. Compositions d'Emile Lévy, gravées à l'eau-forte par Flameng. Dessins de Giacomelli, gravés sur bois par Rougel et Sergent. *Paris, Libr. des bibliophiles*, 1872, pet. in-12, dos et coins mar. rouge, tête dor., non rogné, couvert. (*Champs*).

Exemplaire auquel on a ajouté : la suite du portrait d'Amyot et des 6 figures d'après *Prud'hon*, gravés par *Boilvin*, et 1 frontispice et 3 figures par *Binet*, gravés par *Blanchard* ; ces dernières sont remontées.

245. **LONGUS.** Daphnis et Chloé. Traduction P.-L. Courier. Compositions dessinées et gravées à l'eau-forte par P. Avril. *Paris, L. Conquet*, 1898, in-16, broché.

Exemplaire imprimé sur papier vélin offert par l'éditeur à M. Jacob.

246. **LOTI** (Pierre). Madame Chrysantème. Dessins et aquarelles de Rossi et Myrbach. Gravure de Guillaume Frères. *Paris, Calmann-Lévy*, 1888, in-8, cartonn. dos et coins mar. citron, fil., dos orné et mosaïqué, tête dorée, non rogné, couverture (*Champs*).

Édition originale.
Un des 100 exemplaires (n° 23), tirés sur papier du Japon.

247. **LOTI** (Pierre). Pêcheur d'Islande. Compositions et eaux-fortes de E. Rudaux. Gravures sur bois de J. Huyot. *Paris, Calmann-Lévy*, 1893, gr. in-8, cartonn. dos et coins mar. vert, tête dor., non rogné, couvert. (*Champs*).

Un des 50 exemplaires (n° 150) imprimés sur papier vélin de cuve contenant les eaux-fortes en deux états : avant la lettre avec remarque et avec la lettre.

248. **LOTI** (Pierre). La Chanson des vieux époux. Aquarelles d'après Henry Somm. *Paris, L. Conquet*, 1899, in-16, broché.

Tiré à 300 exemplaires sur papier du Japon, non mis dans le commerce : celui-ci a été offert par l'éditeur à M. Jacob.

249. **MAISTRE** (Xavier de). Voyage autour de ma chambre, suivi

de l'expédition nocturne. Préface par Jules Claretie. Six eaux-fortes par Hédouin. *Paris, Libr. des bibliophiles*, 1877, in-12, dos et coins mar. bleu, tête dor., non rogné, couvert. (*Champs*).

Exemplaire auquel on a ajouté un portrait gravé par *Courtry* en deux états : tiré sur vergé et sur Chine et une suite de 7 eaux-fortes dessinées et gravées par *F. Dupont*.

250. MARCELIN. Album de Marcelin. Premiers dessins, 1868, in-4, toile bleue, fers spéciaux de l'éditeur, tr. dor.

251. MARGUERITE DE NAVARRE. Les sept Journées de la Reine de Navarre, suivies de la huitième (Édition de Claude Gruget, 1559). Notice et notes par Paul Lacroix, index et glossaire : planches à l'eau-forte par Flameng. *Paris, Libr. des bibliophiles*, 1872, 4 vol. in-12, dos et coins mar. bleu, dos fleurdelisé, armoiries, tête dor., non rognés (*Petit, succ. de Simier*).

252. MARX (Roger). La Loïe Fuller. Estampes modelées de Pierre Roche. *S. l. n. d.* (*Imprimé à Evreux par Charles Hérissey*, 1904), in-8 carré, broché, étui.

Edition tirée à 130 exemplaires (nº 54).

253. MATRONE DU PAYS DE SOUNG (La). Les deux Jumelles (Contes chinois). Avec une préface par E. Legrand. *Paris, A. Lahure*, 1884, in-8, figures, dos et coins mar. citron, dos orné et mosaïqué, tête dorée, non rog., couvert. (*Champs*).

Un des 50 exemplaires (nº 14) imprimés sur papier DU JAPON contenant le tirage à part du trait et le tirage à part des aquarelles avant la lettre, tous deux également sur papier du Japon.

Les figures sont de *E.-A. Poinson*.

254. MAUCLAIR (Camille). Les Camelots de la pensée. Bois en couleurs de Maurice Delcourt. *Paris, les Cent blibliophiles*, 1902, in-8, broché.

Tirage à 130 exemplaires (nº 54) imprimés sur PAPIER WHATMAN.

255. MAUPASSANT (Guy de). Clair de lune. Illustrations de Arcos, Boutet de Monvel, Gambard, Grasset, Jeanniot, Mars, Rochegrosse, etc. *Paris, Ed. Monnier*, 1884, pet. in-4, broché.

Première édition illustrée.

Un des 100 exemplaires (nº 39) imprimés sur PAPIER DU JAPON, contenant un TIRAGE A PART de toutes les gravures, tirées en sanguine.

256. MAUPASSANT (Guy de). Clair de Lune. *Paris, Ed. Monnier*, 1884, in-8, broché.

Même édition.

257. MAUPASSANT (Guy de). Le Rosier de Madame Husson.

Illustrations par Habert Dys. Eaux-fortes de E. Abot, d'après Desprès. *Paris, Quantin,* 1888, pet. in-8 carré, broché.

Exemplaire imprimé sur papier vélin du Marais.
Portrait de G. de Maupassant gravé sur bois, ajouté.

258. MAUPASSANT (Guy de). Pierre et Jean, illustré par Ernest Duez et Albert Lynch. *Paris, Boussod, Valadon et Cie,* 1888, in-4, broché.

Un des 150 exemplaires (n° 91) sur GRAND PAPIER DU JAPON, avec les illustrations en triple état : AVANT la lettre : les compositions hors texte en CAMAÏEU, sur PAPIER WHATMAN ; en bistre et en noir, sur PAPIER DU JAPON ; les en-têtes et les culs-de-lampes, en CAMAÏEU sur PAPIER WHATMAN, en bistre sur PAPIER DU JAPON, en TIRAGE A PART, et en noir dans le texte.

259. MAUPASSANT (Guy de). Contes choisis. *Paris, imprimé pour la Société des Bibliophiles contemporains* (Académie des beaux livres), 1891-1892, 10 fascicules gr. in-8, brochés.

LE LOUP. Eaux-fortes par *E. van Muyden.* — LE CHAMP D'OLIVIERS. Illustr. par *P. Gervais.* — MADEMOISELLE FIFI. Illustr. par *A. Gerardin* et *Charles Morel.* — UNE PARTIE DE CAMPAGNE. — HAUTOT PÈRE ET FILS. Illustr. par *Georges Jeanniot.* — ALLOUMA. Illustr. par *P. Avril.* — MOUCHE. Illustr. par *F. Gueldry.* — LA MAISON TELLIER. Illustr. par *P. Vidal.* — UN SOIR. Illustr. par *Georges Scott.* — L'EPAVE.

On y joint : un portrait de Maupassant par *Nargeot,* en trois états, dont l'eau-forte pure, et la suite des 6 lithographies de *Lunois,* pour l'*Epave.*

La couverture générale a été collée sur un carton qui forme un emboîtage pour les dix contes.

260. MAUPASSANT (Guy de). Le Vagabond. Lithographies en couleurs par Steinlen. *Imprimé aux frais de La Société des Amis des livres,* 1902, pet. in-4, broché.

Edition tirée à 115 exemplaires seulement.
Exemplaire n° 23, au nom de M. Henry Houssaye.

261. MAUPASSANT (Guy de). Clair de lune. Dessins de Lucien Métivet, gravés sur bois par G. Lemoine. *Paris, Ollendorff,* 1903, in-8, broché.

PAPIER WHATMAN.
Portrait de Maupassant, tiré sur Chine, ajouté.

262. MAUPASSANT (Guy de). Fort comme la mort. Illustrations de André Brouillet ; gravure sur bois par G. Lemoine. *Paris, Ollendorff,* 1903, in-8, dos et coins mar. rouge, tête dor., non rogné, couvert. illust. (*Stroobants*).

Un des 25 exemplaires (n° 55) imprimés sur PAPIER VÉLIN.

263. MAUPASSANT (Guy de). En famille. 32 compositions en couleurs de Pierre Vidal. *Paris, A. Blaizot,* 1905, in-8, broché.

Un des 140 exemplaires (n° 58) imprimés sur papier vélin d'Arches

264. **MAUPASSANT** (Guy de). Cinq contes parisiens. Illustrations de Louis Legrand. *Paris, pour les Cent bibliophiles,* 1905, gr. in-8, broché.

Tirage à 130 exemplaires, sur papier de Chine fort, ornés de 6 eaux-fortes tirées en couleurs, hors texte, et de nombreuses eaux-fortes tirées en bistre dans le texte.
Portrait de Guy de Maupassant tiré sur Chine, ajouté.

265. **MAUPASSANT** (Guy de). L'Héritage. Vingt et une compositions originales de Maurice Eliot, gravées à l'eau-forte par L. Ruet. *Paris, L. Carteret,* 1907, gr. in-8, broché.

Exemplaire (n° 82) imprimé sur papier vélin.

266. **MAUPASSANT** (Guy de). La petite Roque. 23 eaux-fortes originales de Alexandre Lunois. *Paris, L. Carteret,* 1907, in-8, broché.

Un des 100 exemplaires (n° 67) imprimés sur PAPIER VÉLIN A LA FORME.

267. **MAUPASSANT** (Guy de). Ce cochon de Morin. Aquarelles originales de Henriot, gravées en couleurs typographiques. *Paris, L. Carteret,* 1909, gr. in-8, en feuilles, dans un carton illustr.

Un des 300 exemplaires (n° 135) imprimés sur PAPIER DU JAPON, d'une édition tirée à 325 exemplaires.

268. **MAYNEVILLE.** Chronique du temps qui fut la Jacquerie, par Mayneville. Illustrations de L.-O. Merson. *Paris, Librairie de la Collection des dix, A. Romagnol,* 1903, in-8, broché.

Exemplaire (n° 303) imprimé sur papier vélin de cuve d'Arches.
Prospectus ajouté.

269. **MÉRIMÉE** (Prosper). Colomba. Illustrations de Gaston Vuillier. (*Paris*), *Calmann Lévy,* pet. in-8, cartonn. dos et coins mar. olive, fil., dos orné et mosaiqué, tête dorée, non rogné (*Champs*).

Un des 100 exemplaires (n° 13) sur PAPIER DE CHINE.
Les figures sont gravées sur bois.

270. **MÉRIMÉE** (Prosper). Carmen. Introduction de Maurice Tourneux. Illustrations de Alexandre Lunois. *Paris, pour les Cent bibliophiles,* 1901, in-8 carré, broché.

Tirage à 125 exemplaires (n° 54) contenant la suite complète, en TIRAGE A PART, des 170 lithographies d'*Alexandre Lunois.*

271. **MÉRIMÉE** (Prosper). La Chambre bleue. Nouvelle dédiée à Madame de La Rhune. Une couverture illustrée et soixante et

une aquarelles d'après Eug. Courboin. *Paris, L. Conquet,* 1902, gr. in-8, broché.

Tirage à 300 exemplaires.
Celui-ci est un des 250 (n° 90) imprimés sur papier Whatman.

272. MESSIEURS LES COSAQUES. Relation charivarique, comique et surtout véridique des hauts faits des Russes en Orient, par MM. Taxile Delord, Clément Caraguel et Louis Huart. 100 vignettes par Cham. *Paris, V. Lecou, et au bureau du Charivari,* 1855, 2 vol. in-12, dos et coins mar. bleu foncé, fil., dos orné, tête dorée, non rognés, couvert. illust. (*Champs*).

273. MICHELET (J.). Thérèse et Marianne. Souvenirs de jeunesse ; onze eaux-fortes originales de V. Foulquier. *Paris, L. Conquet,* 1891, pet. in-12, broché.

Exemplaire (n° 39) imprimé sur PAPIER VÉLIN DU MARAIS, contenant les illustrations en deux états : AVANT et avec la lettre.

274. MILTON. Le Paradis perdu. Traduction de Chateaubriand, précédé de réflexions sur la vie et les écrits de Milton par Lamartine et enrichi de 25 magnifiques estampes originales gravées au burin sur acier. *Paris, chez Bigot et Voisvenel,* 1855, in-fol., cartonn. toile bleue, titre doré sur le premier plat, tr. jasp.

25 planches dont un frontispice et 3 portraits, par *Bernouville, Melin, Lemercier, Flatters* et *Richomme,* tirées sur Chine.

275. MINUTES PARISIENNES (Les). Une heure du matin. Les Soupeuses, par Gustave Coquiot. — Deux heures. La Cité et l'île Saint Louis, par Gustave Geffroy. — Trois heures. Les Courses, le grand prix de Paris, par Léon Millot. — Quatre heures. L'Essayage. — Cinq heures. La rue du Croissant, par Henry Fèvre. — Six heures. La Salle d'armes, par Georges Ohnet. — Sept heures. Belleville, par Gustave Geffroy. — Huit heures du soir. Diners parisiens, par Maurice Guillemot. — Midi. Le Déjeuner des petites ouvrières, par G. Montorgueil. — Une heure. La Bourse, par G. Mourey. *Paris, Ollendorff,* 1899-1903, 10 vol. in-16, brochés.

Exemplaires imprimés sur PAPIER DE CHINE.
Illustrations de *Lepère, Huard, Jeanniot, Ballurian,* etc., etc.

276. MIROIRS COMIQUES. *Paris, Aubert et Cie, s. d.,* 14 vol. in-18, cartonn. demi-toile verte, non rognés, couvert. (*Champs*),

Miroir de l'amateur, par Cham. — de l'Avocat, par Mr des O.... — du bureaucrate, du calicot, du collégien, par Cham. — du commis-voyageur, par Quillenbois. — de la cuisine, par Eug. Houx-Marc. — du dandy par Cham. — de l'épicier, de l'étudiant, par Quillenbois. —

du Lovelace par Cham. — du Moutard, par Quillenbois. — du Pique-assiette, par Cham, et du Rapin, par Quillenbois.

Chaque volume renferme environ 25 lithographies humoristiques avec légendes.

277. MONNIER (Henry). Scènes populaires dessinées à la plume. *Paris, Dentu*, 1864, in-8, broché.

Edition ornée de vignettes dans le texte, gravées sur bois.

278. MONTESQUIEU. Lettres persanes, avec une préface par M. Tourneux. Dessins d'Ed. de Beaumont, gravés à l'eau-forte par Boilvin. *Paris, Libr. des bibliophiles*, 1886, 2 vol. in-12, cartonn. dos et coins mar. bleu, tête dor., non rognés, couvert. (*Champs*).

Cet exemplaire renferme la suite du portrait et des 8 eaux-fortes d'*Ed. de Beaumont*, en deux états : AVANT et avec la lettre.

279. MONTORGUEIL (Georges). Paris au hasard. Illustrations composées et gravées sur bois par Auguste Lepère. *Paris, imprimé pour Henri Béraldi*, 1895, pet. in-8, broché.

Edition imprimée à 138 exemplaires sur papier vélin de cuve des Papeteries du Marais.

280. MONTORGUEIL (Georges). La Vie des boulevards. Madeleine-Bastille. 200 dessins en couleurs par Pierre Vidal. *Paris, Quantin*, 1896, gr. in-8, dos et coins mar. rouge, tête dor., non rogné, couvert. (*Stroobants*).

281. MONTORGUEIL (Georges). La Parisienne peinte par elle-même. Vingt et une pointes sèches tirées hors texte et quarante et une compositions par Henri Somm. *Paris, L. Conquet*, 1897, in-8, broché.

Tirage unique à 150 exemplaires (n° 93) imprimés sur papier de Hollande.

282. MONUMENT DU COSTUME. Les 24 estampes dessinées par Moreau le jeune en 1776-1783, pour servir à l'histoire des modes et du costume dans le XVIIIe siècle, gravées au burin par Dubouchet. *Paris, L. Conquet*, 1880-1881. — Les 12 estampes dessinées par Freudeberg, en 1774. *Ibid., id.*, 1883. — Ens. 1 vol. gr. in-8, dos et coins mar. rouge, tête dor., non rogné (*Champs-Stroobants*).

Quatrième état, épreuves terminées.

283. MOREAU (Hégésippe). Le Myosotis. Petits contes et petits vers. Nouvelle édition illustrée de 134 compositions de Robaudi, gravées sur bois par Clément Bellenger. Préface par André Theuriet. *Paris, Librairie L. Conquet*, 1893, gr. in-8, broché.

Exemplaire (n° 170) imprimé sur papier vélin du Marais.

284. MORIN (Louis). Vieille Idylle. Douze pointes sèches et vingt ornements typographiques par l'auteur. *Paris, L. Conquet,* 1891, in-16, broché.

Exemplaire imprimé sur papier vélin, non mis dans le commerce, offert par l'éditeur à M. Jacob.

285. MORIN (Louis). Les Cousettes, physiologie des couturières de Paris. Vingt et une compositions dessinées et gravées à la pointe sèche par Henry Somm. *Paris, L. Conquet,* 1895, in-8, broché.

Edition tirée à 100 exemplaires (n° 80) imprimés sur PAPIER DU JAPON.

286. MOUREY (Gabriel). Fêtes foraines de Paris. Gravures d'Edgar Chahine. *Paris (pour les Cent bibliophiles),* 1906, in-8 carré, en feuilles dans un carton.

Tirage de 130 exemplaires (n° 54).

287. MUSÉE OU MAGASIN COMIQUE de Philipon. Contenant près de 800 dessins par MM. Cham de N....., Daumier, Dollet, Eustache, Forest, Gavarni, Grandville, E. Lami, etc., textes par MM. Bourget, P. Borel, Cham, L. Huart, Lorentz, Marco Saint-Hilaire et Ch. Philipon. *Paris, chez Aubert et Cie, s. d.* [1842-1843], 2 tomes en 1 vol. gr. in-4, cartonn. demi-toile bleue, non rogné (*Couvert.*).

Collection complète des 48 livraisons renfermant de nombreuses illustrations dans le texte, gravées sur bois.

288. MUSSET (Alfred de). Œuvres. *Paris, A. Lemerre,* 1876, 10 vol. — Biographie de Alfred de Musset, par Paul de Musset *Ibid., id.,* 1877. — Ens. 11 vol. pet. in-12, dos et coins mar. vert, tête dor., non rognés (*Marmin*).

Cet exemplaire renferme la suite complète des 42 eaux-fortes de *Henri Pille,* gravées par *Monziès.*

289. MUSSET (Alfred de). Nouvelles. Les deux Maîtresses : Emmeline ; Le Fils du Titien ; Frédéric et Bernerette ; Pierre et Camille. Nouvelle édition illustrée d'un portrait gravé par Burney, d'après une miniature de Marie Moulin et de 15 compositions de F. Flameng et O. Cortazzo, gravées à l'eau-forte par Mordant et Lucas. *Paris, L. Conquet,* 1887, in-8, broché.

Exemplaire (n° 165) imprimé sur papier vélin.

290. MUSSET (Alfred de). La Mouche, illustrée de trente compositions par Ad. Lalauze. Préface par Philippe Gille. *Paris, A. Ferroud,* 1892, in-8, broché.

Exemplaire (n° 91) imprimé sur PAPIER DU Japon, contenant les eaux-fortes en DEUX états : AVANT la lettre avec remarque, et avec la lettre.

Prospectus ajouté.

291. MUSSET (Alfred de). Mademoiselle Mimi Pinson, profil de grisette ; eaux-fortes en couleurs par François Courboin. *Paris, les Cent bibliophiles*, 1899, in-12, broché.

Tirage unique à 115 exemplaires (nº 58) imprimés sur papier vergé ; contenant le TIRAGE A PART de toutes les illustrations.

292. MUSSET (Alfred de). On ne badine pas avec l'amour. Proverbe en 3 actes, orné d'une couverture illustrée et de 35 lithographies originales par Louis Morin. *Paris, Librairie Conquet, L. Carteret et Cie succ.*, 1904, in-8, broché.

Edition tirée à 200 exemplaires (nº 46) sur papier vélin du Marais à la forme.

On a joint le prospectus du livre, plaquette contenant des lithographies de Louis Morin qui n'ont pas figuré dans l'ouvrage même.

293. MUSSET (Alfred de). Histoire d'un merle blanc. Compositions originales de H. Giacomelli, gravées au burin et à l'eau-forte par L. Boisson. *Paris, Librairie L. Conquet, L. Carteret succ.*, 1904, in-8, broché.

Edition tirée à 200 exemplaires (nº 58) imprimés sur papier vélin du Marais à la forme.

294. MUSSET (Paul de). Le Dernier Abbé. Illustré de dix-neuf compositions par Ad. Lalauze. Préface par Anatole France. *Paris, A. Ferroud*, 1891, in-8, broché.

Exemplaire (nº 91) imprimé sur PAPIER DU JAPON, contenant les eaux-fortes en DEUX états : AVANT la lettre avec remarques, et avec la lettre. Prospectus ajouté.

295. NADAUD (Gustave). Chansons populaires. Chansons de salon. Chansons légères. Eaux-fortes par Edmond Morin. *Paris, Librairie des bibliophiles*, 1879, 3 vol. in-12, cartonn. dos et coins mar. violet, tête dor., non rognés, couvert. (*Champs*).

Cet exemplaire renferme la suite des 12 eaux-fortes de *Ed. Morin*, en deux états : AVANT et avec la lettre.

296. NÉEL. Voyage de Paris à Saint-Cloud par mer et retour par terre, par Néel. Avec une préface et des notes par E. Legrand. Aquarelles de Jeanniot, gravées par Gillot. *Paris, A. Lahure*, 1884. In-8, cartonn. dos et coins mar. réséda, fil., dos orné et mosaïqué, tête dor., non rogné, couverture (*Champs*).

Un des 50 exemplaires (nº 18) imprimés sur PAPIER DU JAPON contenant le TIRAGE A PART du trait et le TIRAGE A PART des aquarelles avant la lettre, tous deux également sur papier du Japon.

297. NERVAL (Gérard de). Sylvie, souvenirs du Valois. Préface par Ludovic Halévy. 42 compositions dessinées et gravées à l'eau-forte par Ed. Rudaux. *Paris, L. Conquet*, 1886, pet. in-12, broché.

Exemplaire (n° 297) imprimé sur papier vélin.

298. NERVAL (Gérard de). La Main enchantée. Préface de Jules de Marthold. Illustré d'un portrait et de 24 compositions par Marcel Pille, gravées au burin et à l'eau-forte par Le Sueur et Manesse. *Paris, Librairie Conquet, L. Carteret et Cie succ.*, 1901, in-12, broché.

Exemplaire (n° 215) imprimé sur papier vélin du Marais.

299. NERVAL (Gérard de). Histoire de la reine du Matin et de Soliman prince des génies. *London, The Eragny press, « The Brook »*, 1909, pet. in-8, rel. souple veau gris, plats ornés, non rogné, dans un carton (*Rel. angl.*).

Tirage à 130 exemplaires (n° 55) imprimés sur papier vélin d'Arches pour les *Cent bibliophiles*.

Compositions dessinées par *Lucien Pissarro*, gravées sur bois par *Esther* et *Lucien Pissarro*; le frontispice et les initiales tirés en couleurs.

300. NODIER (Charles). Le Bibliomane. Vingt-quatre compositions de Maurice Leloir, gravées sur bois par F. Noël. Préface de R. Vallery-Radot. *Paris, L. Conquet*, 1894, in-12, dos et coins mar. rouge, tête dor., non rogné, couvert illust. (*Champs*).

Exemplaire imprimé sur papier vélin du Marais.

301. NODIER (Charles). Le dernier Chapitre de mon roman. Préface de Maurice Tourneux. Nouvelle édition illustrée de trente-trois compositions de Louis Morin. *Paris, Librairie L. Conquet*, 1895, in-8, en feuilles dans un carton.

Tirage à 200 exemplaires sur papier vélin blanc du Marais (n° 66).

Exemplaire contenant toutes les figures rehaussées à l'aquarelle.

302. NORVINS (de). Histoire de Napoléon. Vignettes par Raffet. *Paris, Furne et Cie*, 1839, 1 tome divisé en 2 vol. gr. in-8, dos et coins mar. bleu, fil., dos orné, tr. dor.

PREMIER TIRAGE.

Frontispice gravé sur acier par *Burdet* d'après *Raffet*; 80 grands sujets tirés à part et très nombreuses vignettes dans le texte, le tout gravé sur bois d'après *Raffet*.

Quelques déchirures dans les marges ont été raccommodées.

On a inséré dans l'ouvrage une suite de 61 gravures sur acier, tirées sur Chine monté et publiées par Furne à Paris. 39 sont des portraits de membres de la famille de Napoléon et de généraux de la Grande Armée; ils sont gravés par *Hopwood, Maudisson, Bosselman*. Les 33 autres gravures représentent des scènes de batailles; 24 sont dessinées par *Raffet* et 5 par *David, Lamy, Steuben, Gérard, Gros*.

303. NORVINS (de). Histoire de France pendant la République, le Consulat, l'Empire et la Restauration, jusqu'à la Révolution de 1830. *Paris, Furne et Cie*, 1839, in-8, veau rouge, fil., grande plaque à froid, dos orné, tr. dor. (*Rel. de l'époque*).

Edition illustrée de planches et portraits gravés sur acier d'après *Gros, Marckl, Scheffer*, etc.

304. OLD NICK (Em. Forgues) et GRANDVILLE. Petites misères de la vie humaine. *Paris, H. Fournier*, 1843, in-8, figures, demi-rel. veau fauve, ébarbé.

Premier tirage des 200 vignettes sur bois, dont 50 grands sujets tirés à part, y compris deux titres-frontispices, le tout par *Grandville*.
On a relié en tête du volume le prospectus illustré de l'ouvrage.

305. PARNES (Roger). Le Directoire. Portefeuille d'un incroyable, publié par Roger de Parnes, avec préface par Georges d'Heylli. *Paris, Ed. Rouveyre*, 1880, in-8, papier de Hollande, broché.

Ouvrage orné d'un frontispice et de 2 planches hors texte gravés à l'eau-forte par *L. Rouveyre* et *de Malva*, d'après *Le Natur*.

306. PAUQUET FRÈRES. Modes et costumes historiques (français et étrangers), dessinés et gravés par Pauquet frères, d'après les meilleurs maîtres de chaque époque et les documents les plus authentiques *Paris, Pauquet frères, et R. Pincebourde, s. d.* (1865), 2 vol. in-4. montés sur onglets, dos et coins chagrin vert, tête dor., non rognés.

Chaque volume renferme 96 planches de costumes, gravées et coloriées.

307. PETITE BIBLIOTHÈQUE CHARPENTIER (de la). *Paris, Charpentier*, 1877-1888, 16 vol. in-32, mar. à longs grains de diverses couleurs, fil., tête dor., non rognés, couvert. (*Champs*).

Exemplaires imprimés sur papier de Hollande, contenant les gravures en deux états : avant et avec la lettre.
About (Ed.). Tolla, 1883. — Fabre (Ferd.). L'Abbé Tigrane, 1880. — Julien Savignac, 1884. — Le Chevrier, 1888. — Malot (H.). Une bonne affaire, 1885. — Maupassant (Guy de). Contes et nouvelles, 1885. — Mendès. Contes choisis, 1886. — Michelet. La Montagne, 1885. — Musset (Paul de). Lui et elle, 1878. — Sandeau (Jules). Le Docteur Herbeau, 1877. — Mademoiselle de la Seiglière, 1879. — La chasse au roman, 1883. — Theuriet (André). Raymonde, 1883. — Contes de la forêt, 1888. — Zola (Emile). Contes à Ninon, 1883. — Nouveaux contes à Ninon, 1885.

308. PETITS ALBUMS POUR RIRE : N° 2. Croquis militaires, par Brandon. — N° 3. Les Lorettes, par Talin et Damourette. — N° 5. Le Carnaval, par G. de Beaumont et Belin. — N° 20. On nous écrit de Paris, par Nadar. — N° 41. Plaisirs champê-

tres, par Lefils. — N° 47. Mœurs parisiennes, par Chagot et Lefils. — N° 55. Bêtises amusantes, par divers. — N° 62. Il n'y a plus d'enfants, par Randon. — N° 71. Pochades, par Lefils et Chagot. *Paris, Maresq et Philipon fils, s. d.*, 10 vol. in-8, dont 9 demi-rel. mar. de diverses couleurs, tête dor., non rognés, et 1 cartonné.

309. PERLES ET PARURES. Les Parures. Fantaisie par Gavarni. Texte par Méry. Histoire de la mode, par le comte Fœlix. Les Joyaux. Fantaisie par Gavarni. Texte par Méry. Minéralogie des dames, par le comte Fœlix. *Paris, G. de Gonet, s. d.* (1850), 2 vol. gr. in-8, dos et coins mar. violet, fil., dos orné et mosaïqué, tête dorée, non rognés, couverture (*Champs*).

PREMIER TIRAGE.

32 planches gravées sur acier par *Geoffroy*, d'après *Gavarni*.

Les gravures sont tirées sur papier vélin avec marges découpées en dentelles et sont légèrement coloriées.

Bel exemplaire.

310. PERRAULT. Les Contes. Dessins par Gustave Doré. Préface par P.-J. Stahl. Troisième édition. *Paris, J. Hetzel*, 1863, in-fol., cartonn. toile rouge, fers spéciaux, ébarbé (*Cartonn. de l'éditeur*).

Figures gravées sur bois, tirées sur Chine.

311. PHYSIOLOGIES. *Paris*, 1840-1844, 88 vol. in-12, cartonn. demi-mar. La Vall., tête dor., non rognés (*Champs*).

Physiologies de l'Amant de cœur, des Amoureux, de l'Anglais à Paris, de l'Argent, des Bals à Paris, du Barbier-coiffeur, du Bas-bleu, du Bois de Boulogne, du Boudoir, du Bourgeois, du Buveur, du Cabaret, des Cafés de Paris, du Calembourg, du Célibataire, des Champs-Elysées, du Château des Tuileries, du Chasseur, de la Chaumière, du Chicard, du Curé de campagne, du Créancier et du débiteur, du Débardeur, du Député, du Diable, de l'Ecolier, de l'Employé, de l'Epicier, de l'Etudiant, de la Femme, de la Femme entretenue, de la Femme malheureuse, du Flâneur, du Floueur, du Franc-maçon, du Fumeur, du Fumeur et du Priseur, du Gamin de Paris, du Gant, du Garde national, de la Grisette, de l'Homme à bonnes fortunes, de l'Homme de loi, de l'Homme marié, de l'Imprimeur, de l'Industrie française, du Jardin des Plantes, du Jésuite, du Jour de l'an, du Journaliste, de la Lorette, du Lion, du Marin, du Médecin, du Musicien, des Nègres, de l'Opéra et du Carnaval, du Palais-Royal, du Parapluie, du Parisien en province, de la Parisienne, du Parterre, Physiologie des physiologies, Physiologie du Pochard, du Poëte, de la Portière, du Prédestiné, de la Presse, du Prêtre, du Protecteur, du Provincial à Paris, des Quartiers de Paris, des Rats d'église, du Rentier, des Rues de Paris, de Robert-Macaire, du Séducteur, du Sommeil, du Tabac, du Tailleur, du Théâtre, de la Toilette, du Troupier, de la Vie conjugale, du Vin de Champagne, du Viveur, du Vol, et du Voyageur.

Chaque volume est orné de vignettes dans le texte gravées sur bois. 3 volumes sont brochés.

312. PIÉDAGNEL (Alexandre). Avril. Frontispice de Giacomelli, gravé à l'eau-forte par Lalauze. *Paris, Is. Liseux*, 1877 (Edit. orig.). — Un Bouquiniste parisien, le père Lécureux. Frontispice à l'eau-forte, par Maxime Lalanne. *Paris, Rouveyre*, 1878, frontispice en deux états : en sanguine, avant la lettre, et en noir avec la lettre. — Ens. 2 vol. in-8 et in-12, dos et coins mar. rouge et vert, tête dor., non rognés.

313. PIÉDAGNEL (Alexandre). Hier. *Paris. Claude Motteroz*, 1882, in-8, broché.

Edition originale.
Ouvrage orné d'un frontispice et de 110 illustrations de *Paul Avril*, tirées en bistre dans le texte.

314. PIÉDAGNEL (Alexandre). Jadis. Souvenirs et fantaisies, avec six eaux-fortes de Marcel d'Aubépine. *Paris, Isidore Liseux*, 1886, in-8, broché.

Un des 100 exemplaires (n° 83) imprimés sur papier du Japon, contenant les 6 eaux-fortes en trois états : en noir et en sanguine avant la lettre, et en noir avec la lettre.

315. PLÉIADE (La). Ballades, fabliaux, nouvelles et légendes. Homère, Veda Vyasa, Marie de France, Bürger, Hoffmann, Ludwig Tieck, Ch. Dickens, Gavarni, H. Blaze. *Paris. L. Curmer*, 1842, pet. in-8, dos et coins mar. vert, tête dor., ébarbé.

Exemplaire contenant les figures du texte, tirées sur Chine, aux nouvelles intitulées *Rosemonde* et *Madame Acker*.

316. PORTRAITS : 15 pièces in-4.

Louis Gidoin, par *Lambert*, gravé par *Cernel*, l'abbé Perier, curé d'Etampes, publié par *Le Vachez*, Geoffroy Saint-Hilaire, par *Dutertre*, les frères Goncourt, par *Descaves*, en deux états : sur Japon et sur Hollande, Racine, par *Santerre*, gravé par *Martinez*, tiré sur Chine, La Bruyère, tiré sur Chine, Boileau, par *Courtry*, tiré sur Chine, Thiers, Ed. de Goncourt, par *Boilvin*, tiré sur Chine, Job, par *Rajon*, tiré sur Chine, A. Daudet, par *Nargeot*, en deux états, A. de Musset, par *Nargeot*, en deux états, tiré sur Japon et sur Hollande.

317. PRÉVOST (Abbé). Histoire de Manon Lescaut et du chevalier Des Grieux. Edition illustrée par Tony Johannot, précédée d'une notice historique sur l'auteur par Jules Janin. *Paris. E. Bourdin et Cie, s. d.* (1839), in-8, chagrin rouge, grande plaque dorée sur les plats, dos orné, tr. dor. (*Rel. des éditeurs*).

Premier tirage.
Edition ornée d'un frontispice en camaïeu, de 18 planches hors texte tirées sur Chine et de vignettes dans le texte, gravées sur bois.

318. PRÉVOST (Abbé). Histoire de Manon Lescaut et du cheva-

lier Des Grieux. Précédée d'une préface par Alexandre Dumas fils. *Paris, Librairie du XIXe siècle, Glady frères,* 1875, in-8, figures, dos et coins mar. La Vall., fil., dos orné et mosaïqué, tête dor., non rogné, couverture.

Tirage à petit nombre sur papier Turkey Mill.

L'édition contient un portrait de Dumas fils, gravé par *Jacquemart*, et 10 planches dessinées et gravées par *Leop. Flameng*.

On a inséré dans l'ouvrage :

1° 9 figures, dont 1 portrait, gravées par *Monziès*. Epreuves avant la lettre, sur papier de Chine.

2° 12 figures, dont 1 portrait, gravées par *J. Chauvet*. Epreuves avant la lettre.

3° 6 figures, dont 1 portrait, par *Hédouin*.

4° 1 grand en-tête et 24 vignettes, gravées sur bois par *Huyot* d'après *M. Leloir*, découpées et remontées.

5° 1 portrait de l'abbé Prévost dessiné par *F. Schmidt*, gravé par *Ficquet*, sur Chine monté.

319. QUATRELLES (Ernest Lépine). La Dame de Gai-Frelon. Illustrations d'après les aquarelles et les dessins d'Eugène Courboin. *Paris, Hachette et Cie*, 1884, in-4, en feuilles dans le cartonnage de publication.

Un des 25 exemplaires (n° 14) imprimés sur PAPIER DU JAPON.

320. QUICHERAT (J.). Histoire du costume en France, depuis les temps les plus reculés jusqu'à la fin du XVIIIe siècle. Deuxième édition contenant 483 gravures dessinées sur bois d'après les documents authentiques par Chevignard, Pauquet et P. Sellier. *Paris, Hachette et Cie*, 1877, gr. in-8, demi-rel. chagrin rouge, plats toile, tr. dor. (*Rel. des éditeurs*).

321. QUINZE JOYES DE MARIAGE (Les) avec des notes et un glossaire par D. Jouaust et une préface de Louis Ulbach. Eaux-fortes par Ad. Lalauze. *Paris, Libr. des bibliophiles*, 1887, in-12, cartonn. demi-mar. vert, tête dor., non rogné, couvert. (*Champs*).

Cet exemplaire renferme la suite des 21 vignettes de *Lalauze* en deux états : TIRAGE A PART, AVANT la lettre, et avec la lettre.

322. RACINE (J.). Œuvres complètes, avec les notes de tous les commentateurs. Cinquième édition publiée par L. Aimé-Martin, avec des additions nouvelles. *A Paris, chez Lefevre et chez Furne*, 1844, 6 vol. in-8, dos et coins mar. La Vall., fil., dos orné, tête dor., non rognés (*Amand*).

L'exemplaire contient :

1° 1 portrait gravé par *Pannier* d'après *Edelinck*, et 12 figures par *Desenne*, *Girodet*, *Taunay*, *Gérard*, *Devéria* et *Chaudet*, gravées par *Gouttière*, *Colin*, *Pigeot*, *A. Lefevre*, *François*, *Sisco*.

2° 1 portrait dessiné et gravé par *Aug. de Saint-Aubin*, et 12 figures par *J.-M. Moreau le jeune*, gravées par *J.-B. Simonet, E. de Ghendt, B. Roger* et *Ph. Trière*, publiées à Paris, chez Ant. Aug. Renouard.

3° 1 portrait et 12 figures de Gravelot, réduites et gravées par *Monziès* et *C. Lemaire*. Elles sont avant la lettre, sur Chine volant.

4° 1 portrait, gravé par *C. Gaucher* d'après *Santerre*. Epreuve rognée et remontée.

323. RÉCITS DE GUERRE. L'Invasion 1870-1871, par Ludovic Halévy. Dessins par L. Marchetti et Alfred Paris. — Souvenirs du capitaine Parquin. 1803-1814. Dessins par F. de Myrbach, H. Dupray, Walker. etc. Introduction par Frédéric Masson. *Paris. Boussod, Valadon et Cie, s. d.*, (1892-1893), 2 vol. in-4, cartonn. toile rouge, fers spéciaux des éditeurs.

324. RÉGNIER (Henri de). Trois contes à soi-même. Miniatures de Maurice Ray, gravées par A. Bertrand. *Paris. Pour les Cent bibliophiles*. 1907, in-8 carré, en feuilles, dans un carton.

Tirage à 130 exemplaires (n° 56).
Jolies illustrations tirées en couleurs.

325. RÉMUSAT (Paul de). Un Cas de Jalousie. Édition originale illustrée de dix-neuf lithographies par A. Lunois. *Paris. L. Conquet*, 1896, in-8, broché.

Tiré à 200 exemplaires sur papier du Japon ; celui-ci est un des 160 exemplaires sans les tirages à part.

326. RENAN (Ernest). Le Broyeur de lin : avec préface des Souvenirs d'enfance et de jeunesse. Vingt-sept eaux-fortes originales de Ed. Rudaux. *Paris. Libr. L. Conquet. L. Carteret et Cie, succ.*, 1901, in-8, broché.

Exemplaire n° 178, imprimé sur papier vélin.

327. RENARD (Jules). Ragotte. Illustrations et gravures de Malo Renault. *Librairie de la Collection des dix. A. Romagnol. s. d.* (1909). Gr. in-8, dos et coins mar. bleu, fil., dos orné, tête dor., non rogné, couverture (*Stroobants*).

Exemplaire imprimé spécialement pour M. Eugène Jacob, sur papier du Japon et contenant trois états des gravures ; l'EAU-FORTE PURE, l'état terminé avec remarque et l'état terminé avec lettre.

328. RENARD (Jules). Ragotte a dit. 7 pointes sèches en couleurs par Malo Renault. *Paris, chez Henri Floury. s. d.*, in-fol., en feuilles dans un carton.

Epreuves signées à la mine de plomb par l'artiste.

329. RENAUD (Jean-Louis). L'homme aux poupées. Dessins de

Jean Veber. *Paris, H. Floury, s. d.* (1899), pet. in-8 carré, broché.

Un des 200 exemplaires (n° 79) imprimés sur papier vélin de Rives. Orné de 5 gravures au trait et de 13 héliogravures de tons différents.

330. RÉVEILHAC (Paul). Etapes d'un mobile parisien. Six compositions de Sahib, gravées par Clapès. *Paris, Marpon et Flammarion*, 1886, in-12, broché.

Exemplaire n° 113, imprimé sur papier vélin du Marais.

331. RÉVEILHAC (Paul). Un Début au marais, par Fusillot. *Paris, A. Ferroud*, 1892, pet. in-8, broché.

Exemplaire n° 57, imprimé sur papier vélin du Marais, contenant les eaux-fortes en deux états : avant et avec l'encadrement.

332. REYBAUD (Louis). Jérôme Paturot à la recherche d'une position sociale. Edition illustrée par J.-J. Grandville. *Paris, J.-J. Dubochet, Le Chevalier et Cie*, 1846, gr. in-8, dos et coins mar. bleu, dos orné et mosaïqué, tête dor., non rogné (*Champs*).

Premier tirage.
Exemplaire lavé et encollé.

333. RICHEPIN (Jean). Les Débuts de César Borgia. *Paris, publié pour la Société des bibliophiles contemporains*, 1890, in-8, broché.

Edition tirée à 186 exemplaires (n° 76).
Compositions de *Rochegrosse*, gravées à l'eau-forte par *Paul Avril, F. Courboin, Fornet* et *Manesse*.
On y a joint le tirage à part, en noir, de toutes les illustrations.

334. ROBIDA (A.). Voyage de fiançailles au xxe siècle. Texte et dessins par A. Robida. *Paris, L. Conquet*, 1892, in-16, broché.

Tirage à 200 exemplaires sur papier de Chine, non mis dans le commerce ; exemplaire offert par l'éditeur à M. Jacob.

335. ROSTAND (Edmond). Cyrano de Bergerac, drame en cinq actes, illustré par MM. Besnard, Flameng, Albert Laurens, Léandre, Adrien Moreau, Thévenot, gravé par Romagnol. *Paris, A. Magnier*, 1899, gr. in-8, cartonn. dos et coins mar. vert, tête dor., non rogné (*Couvert.*).

Un des 400 exemplaires (n° 194) imprimés sur papier vélin de cuve contenant un tirage a part sur Chine de tous les bois.

336. ROUSSEAU (J.-J.). Œuvres complètes, avec des notes historiques. *A Paris, chez Furne et Cie*, 1839, 4 vol. gr. in-8 à 2 col., demi-rel. chagrin grenat, tr. dor.

Cet exemplaire renferme 2 portraits et 22 figures par *E. Johannot, Roqueplan, Devéria*, etc., gravées par *Pourvoyeur, Revel* et autres.

337. SAINT-PIERRE (Bernardin de). Paul et Virginie (suivi de la Chaumière indienne). Par J.-H. Bernardin de Saint-Pierre. *Paris, L. Curmer*, 1838, gr. in-8, cartonn. dos et coins mar. vert, dos mosaïqué, tête dor., ébarbé (*Champs*).

Ouvrage illustré d'environ 450 vignettes sur bois dans le texte, de 29 planches gravées sur bois, d'une carte et de 7 portraits dessinés par *Laffitte, Tony Johannot* et *Meissonier*, gravés sur acier par *Cousin, Pelée, Pigeot* et *Revel*, tirés sur Chine.

Le portrait du docteur est de *Meissonier*, gravé par *Revel*

338. SALIS (Rodolphe). Contes du Chat Noir. L'Hiver. Le Printemps. Dessins de Willette, H. Rivière, Henri Pille, Robida, Steinlen, etc. *Paris, Libr. illustrée et E. Dentu*, 1891, 2 vol. in-8, brochés.

On y joint : Dartès (Emile). Contes en omnibus. Madeleine Bastille. Illustrations de Lucien Métivet. *Paris, Flammarion*, 1894, in-8, broché.

339. SAND (George). Les beaux Messieurs de Bois-Doré. Illustrations d'Adrien Moreau, gravées sur bois par Brauer, Froment, Hamel, Rousseau, etc., etc. *Paris, Émile Testard*, 1892, 2 vol. gr. in-8, brochés et un carton.

Un des 35 exemplaires (n° 97) imprimés sur papier de Chine, contenant le tirage à part de toutes les illustrations.

On y a ajouté : 1° la suite des 10 eaux-fortes d'*Adrien Moreau*, gravées par *Boilard, Géry-Bichard* et *Vion*, in-8, en feuilles, dans un carton ; — 2° Une intéressante lettre autographe de G. Sand à Champfleury sur un projet d'une pièce en collaboration. 3° 2 aquarelles originales de H. de Sta, servant de frontispices. 4° un portrait de G. Sand, gravé par *Ballin*, tiré sur Japon.

340. SANDEAU (Jules). Un Début dans la magistrature. *Paris, Calmann Lévy*, 1887, pet. in-8, vignettes, dos et coins mar. grenat, fil., dos orné et mosaïqué, tête dorée, non rogné, couvert. (*Champs*).

Edition tirée pour la librairie Conquet à 225 exemplaires sur papier vélin du Marais (exemplaire n° 92). Portrait de Sandeau par *H. Lehmann*, gravé par *M. Deville*, et vignettes dans le texte dessinées par *Baugnies* et gravées par *M. Deville*.

341. SAINT-HILAIRE (Emile-Marco de). Histoire populaire, anecdotique et pittoresque de Napoléon et de la Grande Armée. Illustrée par Jules David. *Paris, Boizard*, 1846, gr. in-8, dos et coins mar. vert, fil., dos orné, tête dor., ébarbé, couverture (*Champs*).

Illustrations gravées sur bois, dont 24 planches hors texte.

342. SARCEY (F.). Comédiens et comédiennes. Théâtres divers.

— La Comédie française. Notices par F. Sarcey. Portraits d'artistes gravés à l'eau-forte par Léon Gaucherel et Ad. Lalauze. *Paris, Librairie des bibliophiles*, 1876-1884, 2 vol. in-8, brochés.

On y joint : Gueullette (Ch.). Acteurs et actrices du temps passé. La Comédie française. Première série. Notices par Ch. Gueullette. Portraits d'artistes gravés à l'eau-forte par Ad. Lalauze. *Paris, Libr. des bibliophiles*, 1881, in-8, broché.

343. SCARRON. Le Roman comique, publié par les soins de D. Jouaust, avec une préface par Paul Bourget. Eaux-fortes par Léopold Flameng. *Paris, Librairie des bibliophiles*, 1880, 3 vol. in-12, cartonn. dos et coins mar. brun, tête dor., non rognés, couvert. (*Champs*).

Cet exemplaire renferme la suite des eaux-fortes de *L. Flameng* en deux états : avant et avec la lettre.

On y a ajouté la suite complète des 12 eaux-fortes de *Henri Pille*, gravées par *Monziès* et 2 vignettes dont une par *Wattier*.

344. SCÈNES DE LA VIE PRIVÉE ET PUBLIQUE DES ANIMAUX. Vignettes par Grandville. Etudes de mœurs contemporaines, publiées sous la direction de M. P.-J. Stahl, avec la collaboration de MM. de Balzac, L. Baude, E. de La Bedollière, P. Bernard, J. Janin, Ed. Lemoine, Charles Nodier, George Sand. *Paris, J. Hetzel*, 1842, 2 vol. gr. in-8, cartonn. dos et coins mar. grenat, tête dor., non rognés, couvert. (*Champs*).

345. SCHOLL (Aurélien). Denise. Aquarelles de Grivaz, gravées par Arents. *Paris, Roureyre et Blond*, 1884, in 8, broché.

Portrait d'Aurélien Scholl, gravé par Boileau, ajouté.

346. SCHWOB (Marcel). La Porte des rêves. Illustrations de Georges de Feure. *Paris, pour les Bibliophiles indépendants. Chez Henry Floury*, 1899, pet. in-4, broché.

Tirage à 220 exemplaires (n° 83).

Edition imprimée sur papier du Japon, illustrée de 16 planches hors texte, gravées sur bois, de 32 encadrements variés, de 15 culs-de-lampe et d'un tripti-frontispice gravé en taille-douce en 2 tons repérés et colorié à l'aquarelle à la main.

347. SCIAMA (André). Paris en sonnets. Illustré de vingt-neuf compositions par Henriot. *Paris, L. Conquet*, 1897, in-8, broché.

Tiré à 300 exemplaires, non mis dans le commerce ; illustrations coloriées.

348. SCOTT (Walter). Œuvres. Traduction Defauconpret. *Paris, Furne, Pagnerre, Perrotin*, 1851-1858, 25 vol. in-8, brochés.

Cette édition est illustrée de 25 vignettes gravées sur acier par *J. De*

Mare, Tavernier, Bourg, T. Johannot, etc., et 25 portraits représentant les héroïnes de chaque roman.

349. SCRIBE. Théâtre. Suite de 170 gravures par Marckl, A. et T. Johannot, Lecurieux, Gavarni, gravées en taille-douce par Blanchard, in-8.

350. SHAKESPEARE. Œuvres complètes, traduites par François-Victor Hugo. *Paris, A. Lemerre, s. d.*, 16 tomes en 17 vol. pet. in-12, dos et coins mar. bleu, tête dor., non rognés (*Lancelin*).

Exemplaire imprimé sur papier vergé, auquel on a ajouté la suite des 36 eaux-fortes de *H. Pille*, gravées par *L. Monziès*.

351. SILVESTRE (Armand). Chroniques du temps passé. Le Conte de l'archer. Aquarelles de A. Poirson gravées par Gillot. Impression chromotypographique par A. Lahure. *Paris, A. Lahure [et] Rouveyre et Blond*, 1883, in-8, cartonn. dos et coins mar. reséda, fil., dos orné et mosaïqué, tête dor., non rogné, couverture (*Champs*).

Un des 50 exemplaires (nº 24) sur PAPIER DU JAPON, contenant le TIRAGE A PART du trait et le TIRAGE A PART des aquarelles, tous deux sur papier du Japon.
On a relié à la fin 13 différents états de la couverture illustrée.
On y a joint un portrait de l'auteur gravé par *Martinez* et tiré sur Chine.

352. SOIRÉES DE MÉDAN (Les). Par Emile Zola, Guy de Maupassant, J.-K. Huysmans, Henry Céard, Léon Hennique, Paul Alexis. Avec les portraits des six auteurs, eaux-fortes de F. Desmoulin, et six compositions de Jeanniot, gravées à l'eau-forte par L. Muller. *Paris, G. Charpentier et Cie*, 1890, in-8, dos et coins mar. rouge, fil., dos orné, tête dor., non rogné (*Couvert.*).

353. SOLEIROL (H.-A.). Molière et sa troupe. *Paris, chez l'auteur*, 1858, in-8, dos et coins mar. rouge, tête dor., non rogné (*Couvert.*)

Ouvrage orné de 4 portraits de Molière et d'un de sa femme.
On y a ajouté : 2 portraits de Molière par *Gilbert*, 2 planches d'après *Ingres* et *Lalanne* et la réimpression de la première suite de Molière par *Moreau*.

354. SOMM (Henry). La Berline de l'émigré ou jamais trop tard pour bien faire, comédie en un acte illustrée par l'auteur. *Paris, Léon Vanier*, 1892, in-12, broché.

Un des 50 exemplaires (nº 2) imprimés sur PAPIER DU JAPON ; il est enrichi d'une AQUARELLE ORIGINALE de HENRY SOMM, sur le faux-titre.

355. SOMMITÉS CONTEMPORAINES (Les). Beaux-arts, littérature, science. Portraits dessinés par Mouilleron, gravés par J. Robert, d'après les photographies de Bertall, accompagnés de notices biographiques par nos meilleurs écrivains. *Paris, Aug. Marc et Cie*, 1867, in-fol. cartonné.

11 portraits gravés sur bois et tirés sur Chine.
Notices par J. Claretie, A. de Pontmartin, Eug. Pouillet, Th. Gautier, etc.

356. SONNETS ET EAUX-FORTES. *Paris, A. Lemerre*, 1869, in-4, pap. de Holl., dos et coins mar. bleu, tête dor., non rogné, couvert. (*Champs*).

Tirage à 350 exemplaires ; eaux-fortes de *Gaucherel, C. Nanteuil, Gustave Doré, Seymour Haden, Français, Corot, Jongkindt, Millet, Manet, Bracquemond*, etc.

357. SOULIÉ (Frédéric). Si jeunesse savait, si vieillesse pouvait. *Paris, Librairie de Ch. Gosselin*, 1846, gr. in-8, dos et coins mar. grenat, tête dor., non rogné (*Couvert.*).

Edition ornée de 100 illustrations d'après les dessins de *E. Girard* et *C. Nanteuil*, gravés sur bois.

358. SOULIÉ (Frédéric). Le Lion amoureux. Nouvelle édition illustrée de 19 vignettes dessinées par Sahib et gravées au burin sur acier par Nargeot. Avec notice historique et littéraire par Ludovic Halévy. *Paris, L. Conquet*, 1882, in-18, broché.

Un des 350 exemplaires (n° 313) imprimés sur papier fin de Hollande.

359. STAAL-DELAUNAY (Mme de). Mémoires, avec une préface par Madame la baronne Double et 41 eaux fortes par Ad. Lalauze. *Paris, Libr. des bibliophiles*, 1890, 2 vol. in-12 brochés.

360. STAAL-DELAUNAY (Mme de). Mémoires de Madame de Staal (Mademoiselle Delaunay). Un portrait et trente compositions de C. Delort, gravés au burin et à l'eau-forte par L. Boisson. Préface de R. Vallery-Radot. *Paris, Librairie L. Conquet*, 1891, in-8, dos et coins mar. orange, tête dorée, non rogné (*Champs*).

Exemplaire (n° 122) sur papier vélin du Marais, contenant l'état des gravures qui porte les noms des artistes à la pointe sèche, et deux compositions gravées (sur la couverture et sur le titre) qui ne se trouvent pas dans les exemplaires ordinaires et le tirage à part d'une vignette refusée.
On a inséré dans le volume la suite complète des 41 eaux-fortes, y compris le portrait, gravées par *Ad. Lalauze*, pour l'édition Jouaust de 1890. Elles sont AVANT la lettre et tirées sur PAPIER DE CHINE.

361. STENDHAL. L'Abbesse de Castro, avec illustrations de Eugène Courboin. *Paris, publié pour les sociétaires de l'Académie des beaux livres*, 1890, in-8, broché.

Edition imprimée à 160 exemplaires (n° 76) sur papier vélin.

362. STERNE (Laurence). Voyage sentimental en France et en Italie. Traduction nouvelle par Alfred Hédouin, six eaux-fortes par Edmond Hédouin. *Paris, Libr. des bibliophiles*. 1875, in-12, dos et coins mar. vert, tête dor., non rogné, couvert. (*Champs*).

363. SUE (Eugène). Les Mystères de Paris. Nouvelle édition, revue par l'auteur. *Paris, Libr. de Charles Gosselin*, 1843-1844, 4 vol. in-8, demi-rel. chagrin violet, tr. jasp. (*Rel. de l'époque*).

Premier tirage.

364. SUE (Eugène). Les Mystères de Paris. Nouvelle édition revue par l'auteur. *Paris, Libr. de Charles Gosselin*, 1843-1844, 4 vol. gr. in-8, cartonn. dos et coins mar. grenat, tête dor., non rognés, couvert. illust. (*Champs*).

Premier tirage.
Les couvertures sont doublées.

365. SUE (Eugène). Le Juif errant. Édition illustrée par Gavarni. *Paris, Paulin*, 1845, 4 vol. gr. in-8, cartonn. dos et coins mar. bleu, tête dor., non rognés, couvert. (*Champs*).

Premier tirage.

366. SUE (Eugène). Les Misères des enfants trouvés. Splendide édition illustrée de gravures sur acier. *Paris, Administration de la librairie, s. d.* (1851), 4 vol. gr. in-8, cartonn. demi-toile grise, non rognés.

Première édition illustrée.

367. SWIFT. Voyages de Gulliver dans des contrées lointaines. Edition illustrée par Grandville. Traduction nouvelle. *Paris, H. Fournier aîné, Ferne et Cie*, 1838, 2 vol. in-8, dos et coins mar. bleu, tête dor., ébarbés (*Champs*).

Premier tirage des illustrations de *Grandville*.

368. TASSE (Le). La Jérusalem délivrée, traduction nouvelle et en prose par M. V. Philipon de la Madelaine, augmentée d'une description de Jérusalem par M. de Lamartine. Edition illustrée par MM. Baron et C. Nanteuil. *Paris, J. Mallet et Cie*, 1841, in-8, chagrin rouge, grande plaque dorée sur les plats, dos orné, tr. dor. (*Rel. des éditeurs*).

Premier tirage.
Ouvrage orné d'un portrait du Tasse, de 20 planches hors texte tirées sur Chine et de vignettes dans le texte gravées sur bois.

369. TASSE (Le). La Jérusalem délivrée. Traduction nouvelle et en prose par M. V. Philipon de La Madelaine, augmentée d'une description sur Jérusalem par M. de Lamartine. Édition illustrée par MM. Baron et C. Nanteuil. *Paris, J. Mallet et Cie*, 1844, gr. in-8, dos et coins mar. vert foncé, tête dor., ébarbé.

370. TASSE (Le). Aminte. Traduction du sieur de La Brosse avec une préface par H. Reynald. Compositions de Victor Ranvier, gravées à l'eau-forte par Champollion. Dessins de H. Giacomelli gravés sur bois par Méaulle. *Paris, Libr. des bibliophiles*, 1882, in-18, cartonn. dos et coins mar. bleu, fil., dos orné et mosaïqué, tête dor., non rogné, couverture (*Champs*).

Tirage à petit nombre.
Un des 50 exemplaires sur PAPIER DE CHINE, auquel on a ajouté le TIRAGE HORS TEXTE des cinq gravures à l'eau-forte.

371. TASTU (Madame Amable). Des Andelys au Hâvre : illustrations de Normandie. 50 dessins par MM. Rossigneux, Godefroy et Lemercier, gravés par M. Brugnot. *Paris, Lehuby*, 1843, in-8, chagrin rouge, ornements dorés et à froid sur les plats, dos orné, tr. dor. (*Boutigny*).

PREMIER TIRAGE.
Reliure de Boutigny avec son étiquette à l'intérieur du volume.

372. THEURIET (André). Nos Oiseaux. 110 compositions de H. Giacomelli gravées sur bois par J. Huyot. *Paris, H. Launette et Cie*, 1887, gr. in-8, dos et coins mar. olive, tête dor., non rogné, couvert. (*Champs*).

Un des 50 exemplaires (n° 26) imprimés sur PAPIER DU JAPON.

373. THEURIET (André). La Vie rustique. Compositions et dessins de Léon Lhermitte, gravures sur bois de Clément Bellenger. *Paris, H. Launette et Cie*, 1888, gr. in-8, broché.

Exemplaire de don imprimé sur PAPIER DU JAPON.
On y a ajouté 2 portraits d'André Theuriet, dont l'un est gravé par *Le Nain*, et tiré sur Chine volant.

374. TIMON [CORMENIN]. Livre des Orateurs. Quatorzième édition ornée de 27 portraits gravés sur acier. *Paris, Pagnerre*, 1844, gr. in-8, dos et coins mar. rouge, tête dor., non rogné.

Portraits tirés sur papier de Chine, en épreuves avant la lettre.

375. TÖPFFER. Histoire de M. Cryptogame, par l'auteur de M. Vieux-Bois, de M. Jabot, etc. *Paris, J.-J. Dubochet*, 1846, in-4 oblong, dans le cartonnage original de l'éditeur.

Album comprenant 64 gravures sur bois.

376. TÖPFFER. Mr. Vieux-Bois. *Paris, Imp. de Caillet, s. d.* (1860). Histoire de M. Jabot. *Ibid., id., s. d.* (1861). — Le Docteur Festus. *Paris, Garnier, s. d.* — Ens. 3 vol. in-4, oblongs, dont 2 demi-rel. chagrin brun, plats toile et 1 cartonn. toile rouge, fers spéciaux, tr. dor.

377. TRIOMPHE DE JOSEPH PRUDHOMME (Le), programme-souvenir de la fête, accompagné d'une étude sur Henry Monnier par Louis Morin. *Paris, Sévin et Rey*, 1904, pet. in-8, broché.

Cet exemplaire est enrichi dans les marges de 9 DESSINS ORIGINAUX aquarellés de LOUIS MORIN.

On y a ajouté le programme de la fête Henry Monnier.

378. UCHARD (Mario). Mon oncle Barbassou, orné de 40 compositions gravées à l'eau-forte par Paul Avril. *Paris, Lemonnyer*, 1884, in-8, cartonn., dos et coins mar. orange, tête dor., non rogné, couvert. (*Champs*).

Un des 125 exemplaires sur PAPIER DU JAPON renfermant le double état des eaux-fortes dans le TIRAGE A PART avec le nom de l'artiste à la pointe, auquel on a ajouté la suite de 6 eaux-fortes dessinées et gravées par Paul Avril, supprimées, non mises dans le commerce.

379. UZANNE (Octave). Caprices d'un bibliophile. *Paris, Ed. Rouveyre*, 1878, pet. in-8, front. par Lalauze, broché.

380. UZANNE (Octave). L'Éventail. Illustrations de Paul Avril. *Paris, A. Quantin*, 1882, 1 vol. et 1 album gr. in-8, dans les emboîtages en satin bleu.

Un des 100 exemplaires (n° 61) imprimés sur PAPIER DU JAPON, contenant le TIRAGE A PART de toutes les illustrations.

381. UZANNE (Octave). L'Ombrelle, le gant, le manchon. Illustrations de Paul Avril. *Paris, A. Quantin*, 1883, 1 vol. et 1 album gr. in-8, dans les emboîtages en satin rose.

Un des 100 exemplaires (n° 71) imprimés sur PAPIER DU JAPON contenant le TIRAGE A PART de toutes les illustrations.

On a ajouté à cet exemplaire une AQUARELLE ORIGINALE de PAUL AVRIL.

382. UZANNE (Octave). Son Altesse la Femme. Illustrations de Henri Gervex, J.-A. Gonzales, L. Kratké, Albert Lynch, Adrien Moreau et Félicien Rops. *Paris, A. Quantin*, 1885, gr. in-8, broché, dans l'emboîtage en cuir Japonais.

Un des 100 exemplaires (n° 22) imprimés sur PAPIER DU JAPON contenant une SUITE HORS TEXTE des vignettes gravées à l'eau-forte.

383. UZANNE (Octave). La Française du siècle. Modes, Mœurs, Usages. Illustrations à l'aquarelle de Albert Lynch, gravées à

l'eau-forte en couleurs, par Eugène Gaujean. *Paris, A. Quantin*, 1886, gr. in-8, fig., broché dans un emboîtage en cuir japonais.

Un des 100 exemplaires (n° 28) imprimés sur PAPIER DU JAPON, contenant les eaux-fortes en deux états : AVANT et avec la lettre.

384. UZANNE (Octave). Le Miroir du monde. Notes et sensations de la vie pittoresque. Illustrations en couleurs d'après Paul Avril. *Paris, maison Quantin*, 1888, pet. in-4, broché, couvert. illust. dans un emboîtage en cuir japonais.

Un des 100 exemplaires (n° 105) imprimés sur PAPIER DU JAPON.

385. UZANNE (Octave). Le Paroissien du célibataire ; observations physiologiques et morales sur l'état du célibat. Illustrations d'Albert Lynch, gravées à l'eau-forte par E. Gaujean. *Paris, Quantin*, 1890, in-8, broché et 1 album.

Un des 25 exemplaires imprimés sur PAPIER WHATMAN, contenant le portrait en 4 ÉTATS et les eaux-fortes en 3 ÉTATS, dont l'EAU-FORTE PURE.

386. UZANNE (Octave). Bouquinistes et bouquineurs. Physiologie des quais de Paris du pont Royal au pont Sully. Illustrations d'Émile Mas, eau-forte frontispice de Manesse. *Paris, Quantin*, 1893, in-8, broché.

Un des 25 exemplaires imprimés sur PAPIER DE CHINE contenant le frontispice en quatre états.

387. UZANNE (Octave). Dictionnaire bibliophilosophique, typologique, iconophilesque, bibliopégique et bibliotechnique, à l'usage des bibliognostes, des bibliomanes et des bibliophilistins, par Octave Uzanne, polybibliographe et philologue. *Paris. Imprimé pour les sociétaires de l'Académie des beaux livres*, « Bibliophiles contemporains », *en l'an de grâce bibliomaniaque*, 1896 ; in-8, broché, dans un emboîtage.

Ouvrage non mis dans le commerce et tiré à 176 exemplaires numérotés.

388. UZANNE (Octave). Voyage autour de sa chambre. Illustrations de Henri Caruchet gravées à l'eau-forte par Frédéric Massé, relevées d'aquarelle à la main. *Imprimé à Paris pour les Bibliophiles indépendants. Henri Floury, libraire de la Société*, 1896. Pet. in-4, broché.

Tiré à 210 exemplaires (n° 83).
Edition entièrement gravée, accompagnée d'une suite des planches, à l'état d'eau-forte pure, avant la gravure du texte, ornées de nombreuses remarques du graveur.

389. UZANNE (Octave). La nouvelle Bibliopolis. Voyage d'un

novateur au pays des neo-icono-bibliomanes. Lithographies en couleurs et marges décoratives de H.-P. Dillon. Frontispice à l'eau-forte d'après Félicien Rops. Nombreuses illustrations dans le texte et hors texte. *A Paris, chez H. Floury*, 1897, pet. in-8, broché.

390. UZANNE (Octave). Les Modes de Paris : variations du goût et de l'esthétique de la femme. 1797-1897. Illustrations originales de François Courboin, dans le texte et hors texte, d'après des documents inédits. *Paris, L.-H. May*, 1898, in-8, broché.

391. VAUCAIRE (Maurice). Le Carnaval de Venise, deux tableaux en vers. Illustrations originales de Louis Morin. *Paris, Imprimé pour l'auteur*, 1891, pet. in-8, broché.

Plaquette tirée à 50 exemplaires sur papier du Japon ; elle est ornée de 5 AQUARELLES ORIGINALES de LOUIS MORIN.

392. VEUILLOT (Louis). Jésus-Christ, avec une étude sur l'art chrétien par E. Cartier. Ouvrage contenant 180 gravures exécutées par Huyot père et fils, et 16 chromolithographies d'après les monuments de l'art, depuis les catacombes jusqu'à nos jours. *Paris, Firmin-Didot frères*, 1875, gr. in-8, mar. rouge, fil., dos orné, dent. int., tr. dor.

393. VIDAL (Pierre). Les Heures de la femme à Paris. Tableaux parisiens, dessinés, gravés à l'eau-forte et accompagnés d'un texte. *Paris, Boudet, s. d.*, pet. in-4, en feuilles, dans un carton.

Exemplaire (n° 75) imprimé sur papier vélin de cuve du Marais.

394. VIGNY (Alfred de). Servitude et grandeur militaires. Dessins de Julien Le Blant, gravés à l'eau-forte par Champollion. *Paris, Lib. des bibliophiles*, 1885, In-8, cartonn. dos et coins mar. grenat, fil., dos orné, tête dorée, non rogné, couvert. (*Champs*).

Un des 25 exemplaires sur PAPIER WHATMAN contenant les gravures en deux états : AVANT et avec la lettre.

395. VILLON (François). Œuvres. Texte revisé et préface par Jules de Marthold. 90 illustrations en deux teintes de A. Robida. *Paris, L. Conquet*, 1897, in-8, broché.

Exemplaire (n° 128) imprimé sur papier de Chine. Prospectus ajouté.

396. VIVANT-DENON. Point de lendemain. Conte illustré de treize compositions de Paul Avril. *Paris, P. Rouquette*, 1899, in-8, cartonn. mar. grenat, tête dor., non rogné (*Couvert. illust.*).

Exemplaire (n° 256) imprimé sur papier de Hollande ; on y a ajouté une AQUARELLE ORIGINALE de PAUL AVRIL.

397. VOGÜÉ (E.-M. de). Le Manteau de Joseph Olenine. Portrait gravé par A. Lamotte. *Paris, L. Conquet*, 1889, in-16, broché.

Exemplaire imprimé sur papier vélin du Marais, offert par l'éditeur à M. Jacob.

398. VOYAGE OU IL VOUS PLAIRA, par Tony Johannot, Alfred de Musset et P.-J. Stahl. *Paris, J. Hetzel*, 1843, gr. in-8, dos et coins chag. vert, dos orné, tête dor., ébarbé.

PREMIER TIRAGE.
Ouvrage orné de 63 planches hors texte gravées sur bois.

399. WILLETTE (Adolphe). Œuvres choisies. Contenant 100 dessins choisis dans le *Courrier français* de 1884 à 1901. Préface illustrée de l'auteur. *Paris, H. Simonis Empis*, 1901, gr. in-8, broché.

Un des 50 exemplaires (n° 45) imprimés sur PAPIER DU JAPON.

400. ZOLA (Émile). Une page d'amour. Compositions de François Thévenot. *Paris, Testard*, 1895, gr. in-8, demi-rel. chagrin grenat, dos orné mosaïqué, tête dor., non rogné.

Exemplaire contenant la suite des eaux-fortes de *Louis Muller*, d'après *Thévenot*.

III. — LIVRES MODERNES DANS TOUS LES GENRES

401. ACADÉMIE DES BIBLIOPHILES (Publications de l'). *Paris*, 1865-1878, 13 vol. in-32, brochés.

Boufflers (de), Aline, reine de Golconde. — Caton. Distiques moraux. — Erasme. La Fille ennemie du mariage et repentante, Le Mariage, le Congrès des femmes, 3 vol. — Janin (J.). La Sorbonne et les gazetiers. — Janin (J.). Le Bréviaire du roi de Prusse. — Lacour. La louange des vieux soudards. — Lacour. La question des femmes à l'Académie française. — Saint-Pierre (abbé de). Projet pour multiplier les collèges des filles. — Salluste. Lettres à César. — Second (J.). Les Baisers. — Sénèque. Apocoloquintose, facétie sur la mort de l'empereur Claude.

Collection imprimée sur papier vergé et publiée par Louis Lacour et Victor Develay.

402. ANNALES ADMINISTRATIVES et littéraires des Bibliophiles contemporains. *Paris, imprimé pour les sociétaires de l'Académie des beaux livres*, 1889-1894. 6 vol. in-8, brochés.

Collection complète.

403. AUGIER (Émile). Lions et renards, comédie en cinq actes, en prose. *Paris, Michel Lévy frères*, 1870, in-8, dos et coins mar. bleu, tête dorée, non rogné (*Couvert.*).

Edition originale.

404. AUGIER (Émile). Maître Guérin, comédie en cinq actes. *Lévy*, 1865 (Ed. orig.). — Paul Forestier, comédie en quatre actes. *Id.*, 1868 (Ed. orig.). — Les Fourchambault, comédie en cinq actes. *Id.*, 1878. — Le Fils de Giboyer, comédie en cinq actes. *Id.*, 1868. 4 vol. in-8, brochés. — Gilberte, comédie en

trois actes. *Lévy*, 1853. — La Ciguë, comédie en deux actes. *Id.*, 1844. — Gabrielle, comédie en cinq actes. *Id.*, 1850. — Les Effrontés, comédie en cinq actes. *Id.*, 1861, 4 vol. in-12, cartonn. demi-toile grenat, non rognés. — Ens. 8 vol.

405. BANVILLE (Théodore de). Les Cariatides (1839-1842). — Les Stalactites. Odelettes. Améthystes (1843-1872). — Le Sang de la coupe. Trente-six ballades joyeuses. — Les Exilés ; les princesses. — Idylles prussiennes (1870-1871). — Odes funambulesques, suivies d'un commentaire. — Occidentales. Rimes dorées. Rondels-Comédies. *Paris, A. Lemerre*, 1872-1878, 8 vol. pet. in-12, cartonn. demi-mar. La Vall., tête dor., non rognés, couvert. (*Champs*).

406. BARBIER. Chronique de la Régence et du règne de Louis XV (1718-1763), ou Journal de Barbier, avocat au parlement de Paris. Première édition complète conforme au manuscrit autographe de l'auteur. *Paris, Charpentier*, 1857, 8 vol. in-12, brochés.

407. BARTHÉLEMY. Némésis, satire hebdomadaire. *Paris, chez Perrotin*, 1832, in-4, veau rouge, grande plaque à froid, fil., dos orné, dent. int., tr. dor. (*Rel. de l'époque*).

Collection complète contenant le prospectus-spécimen et le poème *l'Insurrection*, supplément de la seizième livraison.

408. BIBLIOTHÈQUE CLASSIQUE (Nouvelle) des éditions Jouaust. *Paris, Librairie des bibliophiles*, 1877-1885, 17 vol. in-12, brochés.

Bossuet. Discours sur l'histoire universelle et oraisons funèbres, publiés avec introduction et notes par Armand Gasté. 1883-1885, 3 vol. — Chamfort (N.). Œuvres choisies, publiées avec préface et notes par M. de Lescure. 1879, 2 vol. — Diderot. Œuvres choisies, précédées d'une introduction par Paul Albert, 1877-1879, 6 vol. — Marivaux. Théâtre choisi, publié par F. de Marescot et D. Jouaust, avec préface par F. Sarcey, 1881, 2 vol. — Rivarol. Œuvres choisies, publiées avec une préface par M. de Lescure. 1880. 2 vol. — Rotrou (J. de). Théâtre choisi, avec une étude par Louis de Ronchaud, 1882, 2 vol.

Exemplaires sur papier vergé, sauf Chamfort et Rivarol.

409. BIBLIOTHÈQUE DE POCHE, par une société de gens de lettres et d'érudits. *Paris, Paulin et Delahays*, 1847-1858, 10 vol. in-12, dont 7 dos et coins mar. rouge et 3 dos et coins mar. La Vall., tête dor., non rognés.

Collection complète.

Curiosités littéraires, bibliographiques, biographiques, des traditions, des mœurs et des légendes, militaires, des beaux-arts et de l'archéologie, historiques, philologiques, des origines et des inventions, anecdotiques.

410. BIBLIOTHEQUE DES MÉMOIRES relatifs à l'histoire de France pendant le XVIIIe siècle, avec avant-propos et notices, par M. Fs. Barrière. *Paris, Firmin Didot frères*, 1846-1848, 12 vol. in-12, brochés.

Mémoires de Mme de Staal, du Marquis d'Argenson, de Duclos, de Marmontel, de Collé, de Weber, de Mme Roland, de Cléry, de Mme Campan, de Dumouriez, etc., etc.

411. BIBLIOTHÈQUE ORIGINALE. *Paris, chez René Pincebourde*, 1864-1866, 7 vol. in-16, dont 5 brochés et 2 demi-rel. mar. rouge et vert.

Caillot-Duval. Les Mystifications avec un choix de ses lettres les plus étonnantes; eau-forte de Faustin Besson, 1864. — Claretie (Jules). Petrus Borel, le lycanthrope; frontispice à l'eau-forte avec portrait de Ulm, 1865. — Du Noyer (Mme). L'Histoire du sieur abbé comte de Bucquoy, frontispice à l'eau-forte, 1866. — Janin (Jules). Béranger et son temps, frontispice avec portrait à l'eau-forte de Staal, 1866, 2 vol. — Littré (É.). La vérité sur la mort d'Alexandre le Grand. La Mort de Jules César par Nicolas de Damas. Frontispice avec portraits à l'eau-forte de Ulm, 1865. — Monselet. Fréron ou l'illustre critique. Frontispice à l'eau-forte avec portrait par Morin, 1864.

412. BLANC (Louis). Histoire de dix ans. 1830-1840. Sixième édition. *Paris, Pagnerre*, 1846, 5 vol. in-8, gravures sur acier, brochés.

413. BUFFON. Œuvres complètes, avec des extraits de Daubenton et la classification de Cuvier. *Paris, chez Furne et Cie*, 1839, 6 vol. gr. in-8 à 2 col., demi-rel. veau bleu, dos plat orné, tr. marb. (*Rel. de l'époque*).

Exemplaire contenant les planches coloriées.

414. BYRON (Lord). Œuvres complètes, traduites par Benjamin Laroche. *Paris, Charpentier*, 1840, 4 vol. in-12, demi-rel. veau fauve, tr. jasp.

415. CAMPARDON (Émile). Marie-Antoinette à la Conciergerie (Du 1er août au 16 octobre 1793). Pièces originales conservées aux archives de l'Empire, suivies de notes historiques et du procès imprimé de la Reine. *Paris, Jules Gay*, 1863, in-8, broché.

Un des quelques exemplaires imprimés sur papier de Hollande. Portrait de Marie-Antoinette et de ses enfants, gravé par *Boilvin* d'après *Westmuller*, ajouté.

416. CAQUETS DE L'ACCOUCHÉE (Les). Nouvelle édition revue sur les pièces originales et annotée par M. Ed. Fournier, avec une introduction par Le Roux de Lincy. *Paris, P. Jannet*, 1855. — Tabarin. Œuvres complètes, avec les rencontres, fan-

taisies et coq-à-l'âne facétieux du baron Gratelard... *Ibid., id.*, 1858, 2 vol. — Ens. 3 vol. in-12, cartonn., toile rouge, non rognés.

De la « BIBLIOTHÈQUE ELZÉVIRIENNE ».

417. CAUSSIDIÈRE. Mémoires de Caussidière, ex-préfet de police et représentant du peuple. Troisième édition. *Paris. Michel Lévy frères*, 1849, 2 tomes in-8, demi-rel. chagrin rouge, non rognés.

418. CÉLÉBRITES CONTEMPORAINES. *Paris, A. Quantin*, 1884, 4 vol. in-12, brochés.

Chaque volume est orné de 10 portraits gravés à l'eau-forte. Biographies de A. Dumas, Daudet, Sardou, Coppée, Victor Hugo, Augier, Renan, J. Simon, duc d'Aumale, Grévy, Gambetta, etc., etc., par J. Claretie, H. Depasse, G. de Maupassant, C. Pelletan, E. Daudet, L. Ulbach, etc., etc.

419. CHASSANT (Alph.). Les Nobles et les Vilains du temps passé, ou recherches critiques sur la noblesse et les usurpations nobiliaires. *Paris, Aug. Aubry*, 1857. — NOBILIANA. Curiosités nobiliaires et héraldiques, suite du livre intitulé : Les Nobles et les Vilains. *Ibid., id.*, 1858. — Ens. 2 vol. pet. in-8, dos et coins mar. orange, têt dor., non rognés.

420. CHASSE (Ouvrages relatifs à la). 3 plaquettes in-4 et in-8, brochées.

GARNIER (Le Commandement P.). Traité complet de la chasse des alouettes au miroir avec le fusil. *Paris, Aubry*, 1866. — MONTHOIS (Robert). La noble et furieuse chasse du loup. *Paris, Bouchard-Huzard*, 1863 (Tirage à 150 exemplaires sur Hollande). — PERRAULT (Charles). La Chasse, poème. *Paris, Aubry*, 1862 (Tirage à petit nombre sur Hollande).

421. CHÉNIER (André). Poésies, précédées d'une notice par M. H. de Latouche... Nouvelle édition complète ornée d'un portrait d'André Chénier. *Paris, Charpentier*, 1841. — Œuvres en prose de André Chénier augmentées d'un grand nombre de morceaux inédits... Seule édition complète publiée sur les manuscrits autographes de l'auteur communiqués par sa famille. *Paris, Ch. Gosselin*, 1840. — Ens. 2 vol. in-12, cartonn. demi-mar. bleu, non rognés, couvert. (*Champs*).

422. COLLECTION DE DOCUMENTS RARES OU INÉDITS RELATIFS A L'HISTOIRE DE PARIS. *Paris, Léon Willem*, 1873-1877, 10 vol. in-12, brochés.

Collection complète, dont voici le détail :
ESTAT, noms et nombre de toutes les rues de Paris, en 1636. —

Ordonnances (Les) faictes et publiées à son de trompe par les carrefours de ceste ville de Paris, pour éviter le dangier de peste, 1531. — Les rues et les cris de Paris au XIIIe siècle. — Dance macabre (La) des SS. Innocents de Paris, d'après l'édition de 1484. — Auteurs dramatiques (Les) et la Comédie-française à Paris aux XVIIe et XVIIIe siècles. — Fleur des antiquitez (La) de la noble et triumphante ville et cité de Paris, par Gilles Corrozet (1532). — Desmazes (Ch.). Le Bailliage du palais royal de Paris. — Six couches (Les) de Marie de Médicis, racontées par Louise Bourgeois, dite Boursier, sa sage-femme. — Calendrier (Le) des confréries de Paris, par J.-B. Le Masson. — Une famille de peintres parisiens aux XIVe et XVe siècles.

On y joint : L'Incendie du palais de Paris en 1618. Relation de Raoul Boutray. *Willem*, 1879. — Ruines de Paris (Les) en 4875. *Id.*, 1875. — Ens. 2 vol.

423. COLLECTION CHARAVAY (de la). 4 vol. in-12 et in-16. brochés.

Adam (Mme Edmond). La Chanson des nouveaux époux, *s. d.*, héliogravures hors texte. — Charavay (Etienne). A. de Vigny et Charles Baudelaire, candidats à l'Académie française, 1879, portrait. — Daudet (Mme Alphonse). L'Enfance d'une parisienne, 1883, eau-forte de F. Régamey. — Lhuillier (Th.). Hégésippe Moreau et son Diogène, 1881, portrait par F. Régamey.

424. COLLECTION JANNET-PICARD (De la). 5 vol. in-12. brochés dans des étuis en toile bleue.

Restif de la Bretonne. Les Contemporaines meslées, les contemporaines du commun, les contemporaines par gradation. *Paris, A. Lemerre*, 1875-1876, 3 vol. — Furetière (Ant.). Le Roman bourgeois, avec notes et notices par Pierre Jannet, 1868, 2 vol.

Exemplaires imprimés sur papier vélin.

425. CONSTANT (Benjamin). Adolphe, anecdote trouvée dans les papiers d'un inconnu. *Paris, chez Dauthereau*, 1828, in-18, veau bleu, fil., plaque à froid sur les plats, dent. int., tr. dor. (*Rel. de l'époque*).

426. CONSTANT (Benjamin). Adolphe. Anecdote trouvée dans les papiers d'un inconnu. *Paris, Charpentier*, 1845. — Maistre (Xavier de). Œuvres complètes. *Ibid., id.*, 1839. — Nodier (Charles). Nouvelles. *Ibid., id.*, 1846. — Vigny (Alfred de). Cinq-Mars, ou une conjuration sous Louis XIII. *Ibid., id.*, 1845. — Ens. 4 vol. in-12, brochés.

427 COQUELIN (C.). L'Art et le comédien. — Molière et le misanthrope. — Un poète du foyer. Eugène Manuel. — L'Arnolphe de Molière. — Un poète philosophe. Sully-Prudhomme. — Tartuffe. *Paris, Ollendorff*. 1880-1884. 6 vol. in-12, papier de Hollande, brochés.

428. CURIOSITÉ UNIVERSELLE (La), journal hebdomadaire :

du 6 janvier 1890 au 31 décembre 1894. *Paris*, 1890-1894, 5 vol. in-4, brochés.

Cinq années complètes.
Autographes, estampes, objets d'art, livres, timbrologie, etc.

429. DELAQUÉRIÈRE (E.). Description historique des maisons de Rouen, les plus remarquables par leur décoration extérieure et par leur ancienneté. *Paris, F. Didot*. 1821-1841, 2 vol., planches. — Essai sur les girouettes, épis, crêtes et autres décorations des anciens combles et pignons. *Paris et Rouen*, 1846. — Recherches historiques sur les enseignes des maisons particulières... 27 sujets gravés sur bois. *Paris et Rouen*, 1852. — Ens. 4 vol. in-8, brochés.

430. DELÉCLUZE (E.-J.). Roland ou la chevalerie. *Paris, J. Labitte*, 1845, 2 vol. — Grégoire VII. Saint François d'Assise. Saint Thomas d'Aquin. *Ibid., id.*, 1845, 2 vol. — Ens. 4 vol. in-8, brochés.

431. DELVAU (Alfred). Françoise. Chapitre inédit de l'histoire des quatre sergents de La Rochelle : avec une eau-forte d'Emile Thérond. *Paris, A. Faure*, 1865, in-32, dos et coins mar. bleu, tête dor., non rogné (*Couvert.*).

Édition originale.

432. DELVAU (Alfred). A la porte du paradis. *Paris, A. Faure*. 1867 (Ed. orig.). — Du pont des Arts au pont de Kehl, avec un frontispice par Emile Bénassit. *Ibid., id.*, 1866. — Ens. 2 vol. in-12, brochés.

433. DELVAU (Alfred). Dictionnaire de la langue verte. Argots parisiens comparés. Deuxième édition entièrement refondue et considérablement augmentée. *Paris, E. Dentu*, 1867, in-12, broché.

434. DÉSAUGIERS. Chansons complètes et poésies diverses. Nouvelle édition revue, augmentée et précédée d'une notice sur l'auteur et son œuvre par Alfred de Bougy. *Paris, A. Delahays*, 1858, in-32, mar. bleu, fil., dos orné, tête dor., non rogné (*Couvert.*).

435. DESNOIRESTERRES (Gustave). Les Cours galantes. *Paris, Dentu*, 1860-1864, 4 vol. in-12, brochés.

436. DOCUMENTS POUR SERVIR A L'HISTOIRE DE NOS MOEURS. *Paris, F. Henry*, 1868-1871, 12 vol. in-32, brochés.

Autographes sérieux et comiques, 3 vol. — Comptes d'un budget parisien. — Carnet de la comtesse de L. — Les grands jours du petit Lazari. — Manuscrit de février et de juin 1848, 2 vol. — Mémoires de Pierre Louette, jardinier de Talma. — Notes d'un agent (1861-1867). — Tribulations d'une muse académique (1865). — Les Tuileries en février 1848.

Ouvrages tirés à petit nombre sur papier vergé.

437. DRUMONT (Edouard). La France juive. Essai d'histoire contemporaine. *Paris, Marpon et Flammarion, s. d.* (1886), 2 vol. in-12, brochés.

Édition originale.
Un des 25 exemplaires imprimés sur papier de Hollande.

438. ÉDITIONS CHARPENTIER. Réunion de 9 vol. in-12, brochés.

Dante. La divine comédie, trad. de A. Brizeux, 1841. — Eschyle. Théâtre, trad. de A. Pierron, 1845. — Fielding. Tom Jones, trad. de L. de Wailly, 1841, 2 vol. — La Bruyère. Les Caractères, 1841. — Milton. Le Paradis perdu, trad. de Pongerville. Sterne. Voyage sentimental, trad. de Léon de Wailly, 1841. — Pascal. Pensées, 1841. — Voiture. Œuvres. Lettres et poésies, 1855, 2 vol.

439. ÉDITIONS JOUAUST. 5 vol. in-12, brochés.

Fénelon. Education des filles, précédée d'une introduction par Oct. Gréard. Frontispice gravé par Ad. Lalauze, 1885. — La Chaussée. Contes et poésies, publiés par le bibliophile Jacob, 1880. — Moreau (Hégésippe). Contes et chansons, suivis de poésies diverses, publiés avec une introduction par Alexandre Piédagnel, 1881-1883, 2 vol. — Voyage de Chapelle et Bachaumont, publié par D. Jouaust, 1874.

440. FARCE DE MAISTRE PATHELIN (La), précédée d'un recueil de monuments de l'ancienne langue française, depuis son origine jusqu'à l'an 1500, avec une introduction par M. Geoffroy-Chateau. *Paris, Amyot*, 1853, in-12, dos et coins mar. rouge, tête dor., non rogné (*Amand*).

441. FEUILLET DE CONCHES (F.). Causeries d'un curieux. Variétés d'histoire et d'art, tirées d'un cabinet d'autographes et de dessins. *Paris, H. Plon*, 1862-1868, 4 vol. in-8, dos et coins mar. rouge, tête dor., non rognés (*Rousselle*).

442. FEYDEAU (Ernest). Théophile Gautier : souvenirs intimes. Portrait de Théophile Gautier, gravé à l'eau-forte par Rajon. *Paris, Plon et Cie*, 1874, in-12, broché.

Édition originale.
Un des quelques exemplaires imprimés sur papier de Hollande.

443. FOURNEL (V.). Curiosités théâtrales anciennes et modernes, françaises et étrangères. *Paris, Delahays*, 1859. — Lacroix

(Paul). Curiosités de l'histoire de France, de l'histoire des arts, de l'histoire des croyances populaires au moyen âge, des sciences occultes, de l'histoire du vieux Paris. *Paris, Delahays*, 1858-1862, 6 vol. — WARÉE (B.). Curiosités judiciaires, historiques, anecdotiques. *Ibid., id.*, 1859. — Ens. 8 vol. in-12, dos et coins mar. rouge et bleu, tête dor., non rognés.

444. FOURNIER (Edouard). Le Vieux-neuf. Histoire ancienne des inventions et découvertes modernes. *Paris, Dentu*, 1859, 2 vol. — L'Esprit des autres. *Ibid., id.*, 1861. — Le Roman de Molière, suivi de fragments sur sa vie privée d'après des documents nouveaux. *Ibid., id.*, 1863. — L'Esprit dans l'histoire. Recherches et curiosités sur les mots historiques. *Ibid., id.*, 1882. — Ens. 5 vol. in-12, dont 2 demi-rel. mar. brun, tête dor., ébarbés (*Amand*) et 3 brochés.

445. GAUTIER (Théophile). Poésies complètes. *Charpentier*, 1845, portrait sur Chine ajouté (Première édition collective). — Voyage en Espagne. Nouvelle édition revue et corrigée. *Id.*, 1845. — Ens. 2 vol. in-12, dont 1, cartonn. demi-mar. grenat, tête dor., non rogné, et l'autre broché (*Couvert.*).

446. GAUTIER (Théophile). Honoré de Balzac. Edition revue et augmentée, avec un portrait gravé à l'eau-forte par E. Hédouin. *Paris, Poulet-Malassis et de Broise*, 1859, in-12, demi-rel. veau bleu, tête dor., non rogné (*Amand*).

Première édition française.
Exemplaire imprimé sur PAPIER DE HOLLANDE.

447. GAUTIER (Théophile). Nouvelles. *Paris, Charpentier*, 1852. — Caprices et zigzags. *Paris, Lecou*, 1852. — Italia. *Ibid., id.*, 1852. — Un trio de romans. *Ibid., id.*, 1852. — Constantinople. *Paris, Lévy frères*, 1853. — Théâtre de poche. *Paris, Librairie Nouvelle*, 1855. — Poésies nouvelles. *Paris, Charpentier*, 1863. — Romans et contes. *Ibid., id.*, 1865. — Mademoiselle de Maupin. *Ibid., id.*, 1865. — Spirite. *Ibid., id.*, 1865. — Ens. 10 vol. in-12, brochés.

Italia, *Constantinople* et le *Théâtre de poche*, sont seuls en ÉDITIONS ORIGINALES.

448. GAZETTE ANECDOTIQUE, littéraire, artistique et bibliographique, publiée par G. d'Heylli : de l'origine 1876 à 1900 inclus. *Paris, Libr. des bibliophiles*, 1876-1900, 47 vol., dont 1 de table (1876 à 1885), in-12, brochés.

L'année 1900 est en fascicules et de format in-8.

449. GONCOURT (Edm. et J. de). Histoire de la Société française pendant le Directoire. *Paris. E. Dentu,* 1855, in-8, cartonn. demi-mar. grenat, tête dor., non rogné, couvert. (*Champs*).

Edition originale.
Une figure « *Les Champignons républicains* » ajoutée.

450. GONCOURT (Edm. et J. de). Histoire de la Société française pendant la Révolution. *Paris. E. Dentu,* 1854, in-8, cartonn. demi-mar. grenat. tête dor., non rogné, couvert. (*Champs*).

Edition originale.

451. GONCOURT (Edm. et J. de). La Femme au dix-huitième siècle. *Paris. Firmin Didot et Cie*, 1862, in-8, broché.

Edition originale.

452. GONCOURT (Edm. et J. de). Portraits intimes du XVIIIe siècle. Études nouvelles d'après les lettres autographes et les documents inédits. *Paris, Dentu,* 1857-1858, 2 vol. — L'Amour au dix-huitième siècle. *Ibid., id.,* 1875. — La Lorette, avec un dessin de Gavarni gravé par Jules de Goncourt. *Paris, Charpentier,* 1883. — Ens. 4 vol. in-12, brochés.

Editions originales, sauf « *La Lorette* ».

453. GRANDES CHRONIQUES DE FRANCE (Les), selon que elles sont conservées en l'église de Saint-Denis en France ; publiées par M. Paulin Paris. *Paris. Techener,* 1836-1838, 6 vol. pet. in-8, brochés.

454. HORACE. Les Œuvres. Odes, satires, épîtres, art poétique. Traduction nouvelle par M. Jules Janin. *Paris. Hachette et Cie*, 1860, pet. in-12, broché.

Edition originale de cette traduction.

455. HOUSSAYE (Arsène). Galerie de portraits du XVIIIe siècle. *Charpentier,* 1848, 2 vol. — Les Filles d'Eve. *Lecou,* 1852. — Poésies complètes. *Charpentier,* 1850. — Histoire du 41e fauteuil de l'Académie française. *Hachette,* 1856. — Mademoiselle Mariani. *Lévy,* 1859 (Ed. orig.). — Mademoiselle de la Vallière et Madame de Montespan. Etudes historiques sur la cour de Louis XIV. *Plon,* 1864-1865, 2 vol. — Ens. 8 vol. in-12, brochés.

456. HUGO (Victor). Les Misérables. *Paris. Pagnerre,* 1862, 10 vol. in-8, brochés.

Édition originale.

457. **INTERMÉDIAIRE DES CHERCHEURS ET DES CURIEUX** (L'). Questions et réponses littéraires, historiques, scientifiques et artistiques, Trouvailles et curiosités : du 10 janvier 1891 au 10 mai 1911. *Paris,* 1891-1911, 41 vol. dont 1 de table (1864-1896) in-8, brochés.

Les années 1907 à 1911 sont en fascicules.

458. JANIN (Jules). L'Amour des Livres, par M. Jules Janin. *Paris, J. Miard,* 1866, pet. in-12, dos et coins mar. rouge, tête dor., non rogné (*Cuzin*).

Volume tiré à 200 exemplaires sur PAPIER VERGÉ.
Portrait de Jules Janin par *G. Staal,* tiré en bleu sur Japon, ajouté.

459. JANIN (Jules). Lamartine. 1790-1869, portrait à l'eau-forte par Martial. — Alexandre Dumas. Mars 1871. Portrait à l'eau-forte par Flameng. — Ponsard. 1814-1867. Portrait à l'eau-forte par Flameng. — Les deux discours de M. Jules Janin à l'Académie française. Avril 1865-novembre 1871. — Piédagnel. Jules Janin. 1804-1874. Portrait à l'eau-forte par Flameng. *Paris, Librairie des bibliophiles,* 1869-1874, 5 vol. in-16, brochés.

Exemplaires imprimés sur PAPIER DE HOLLANDE.

460. JOINVILLE (Jean Sire de). Histoire de Saint-Louis. Credo, lettre à Louis X. Texte original, accompagné d'une traduction par M. Natalis de Wailly. Seconde édition. *Paris, Firmin Didot frères et Cie,* 1874, gr. in-8, mar. rouge, fil., dos orné, dent. int., tr. dor. (*Raparlier*).

461. LAMARTINE (A. de). Histoire des Girondins. *Paris, Furne et Cie,* 1847, 8 vol. — Histoire de la révolution de 1848. *Paris, Perrotin,* 1849, 2 vol. — Les Confidences, *Ibid., id.,* 1849, 1 vol. — Raphaël ; pages de la vingtième année. *Ibid., id.,* 1849. — Ens. 12 vol. in-8, brochés.

On y joint : 1° une suite de 40 portraits gravés sur acier d'après *Raffet,* tirés sur Chine pour l'Histoire des Girondins ; 2° une suite de 10 vignettes par *Sandoz, Andrieux* et *Grenier,* gravées sur acier, tirées sur Chine, pour l'Histoire de la révolution de 1848.

462. LAMARTINE (A. de). Œuvres. *Paris, Firmin Didot frères,* 1849-1850, 14 vol. in-8, brochés.

463. LAVALLÉE (Théophile). Histoire des Français depuis le temps des Gaulois jusqu'en 1848. Quinzième édition entièrement remaniée et définitive. *Paris, Charpentier,* 1861-1864, 6 vol. gr. in-8, brochés.

464. LEBER (M.-C.). Essai sur l'appréciation de la fortune privée au moyen âge, relativement aux variations des valeurs monétaires et du pouvoir commercial de l'argent. Suivi d'un examen critique des tables de prix du marc d'argent, depuis l'époque de Saint-Louis. Seconde édition. *Paris, chez Guillaumin et Cie*, 1847, in-8, demi-rel. veau fauve, ébarbé (*Amand*).

465. LEBEUF (L'Abbé). Histoire de la ville et de tout le diocèse de Paris : nouvelle édition annotée et continuée jusqu'à nos jours par Hippolyte Cocheris. *Paris, Aug. Durand*, 1863-1870, 4 vol. in-8, brochés.

Tout ce qui a paru de cette réimpression.
Exemplaire imprimé sur PAPIER DE HOLLANDE.

466. LE ROUX DE LINCY. Le Livre des proverbes français, précédé de recherches historiques sur les proverbes français et leur emploi dans la littérature du Moyen âge et de la Renaissance. Seconde édition revue, corrigée et augmentée. *Paris, Delahays*, 1859, 2 gros vol. in-12, demi-rel. chagrin bleu, ébarbés.

467. LE SAGE. Théâtre, publié avec notice et notes par Georges d'Heylli. *Paris, Librairie générale*, 1879, pet. in-12, cartonn. dos et coins mar. bleu, tête dor., non rogné, couvert. (*Champs*).

Edition tirée à petit nombre.

468. LITTRÉ (E.). Dictionnaire de la langue française. *Paris, Hachette et Cie*, 1873-1886, 5 vol. in-4, demi-rel. chagrin bleu, plats toile, tr. jasp. (*Rel. des éditeurs*).

Exemplaire contenant le *Supplément*.

469. MARTIN (Henri). Histoire de France, depuis les temps les plus reculés jusqu'en 1789. *Paris, Furne*, 1857-1862, 17 vol. dont un de table, in-8, demi-rel. chagrin La Vall., tr. jasp.

470. MARTIN (Henri). Histoire de France depuis les temps les plus reculés jusqu'en 1789. *Paris, Furne*, 1861, 17 vol. in-8, dont 1 de table, demi-rel. mar. bleu, dos orné, tête dor., non rognés.

471. MÉRIMÉE (Prosper). Théâtre de Clara Gazul, comédie espagnole, suivi de la Jacquerie, scènes féodales, et de la Famille Carvajal. *Paris, Charpentier*, 1842. — Colomba, suivi de la Mosaïque et autres contes et nouvelles. *Ibid., id.*, 1845. — Chronique du règne de Charles IX, suivie de la Double méprise et de la Guzla. *Ibid., id.*, 1847. — Les deux héritages suivis de l'Inspecteur général et des Débuts d'un aventurier. *Paris, Lévy frères*,

1853. — Episode de l'histoire de Russie. Les faux Demetrius. *Ibid.*, *id.*, 1853. — Ens. 5 vol. in-12, demi-rel. veau bleu, tête marb., non rognés.

472. MÉRY. Contes et nouvelles. *Paris, Lecou*, 1852. — Mélodies poétiques. *Ibid.*, *id.*, 1853. — Nouvelles nouvelles. *Ibid.*, *id.*, 1853. — Ens. 3 vol. in 12, demi-rel. veau fauve, tête marb., non rognés (*Amand*).

Editions originales.

473. MIRECOURT (Eugène Jacquot, dit de). Les Contemporains. *Paris, Rorel et Cie, et G. Havard*, 1854-1857, 83 vol. in-32, brochés.

Chaque volume renferme un portrait et un fac-simile d'autographe. Les nos 14, 56, 64, 69, 82 et 88 à 100 manquent.

On y joint : Deschamps (Th.) et Serpantié (M.). Biographie de E. de Mirecourt, 1855. — Pelloquet (Th.). Dictionnaire de poche des artistes contemporains. Les Peintres. 1858. — Ens. 2 vol. in-32.

474. MOLIÈRE (Ouvrages relatifs à). 4 vol. et plaquettes in-8, brochés.

Blanchemain (Prosper). Jacques du Lorens et le Tartuffe. Notice sur un précurseur de Despréaux, 1583-1658. *Aubry*, 1867. — Galerie historique des portraits des comédiens de la troupe de Molière, gravés à l'eau-forte par F. Hillemacher. *Lyon, Scheuring*, 1869. — Graaf (Régnier de). L'Instrument de Molière. Traduction du traité De clysteribus. *Morgand et Fatout*, 1878. — Taschereau (Jules). Histoire de la vie et des ouvrages de Molière. *Brissot-Thivars*, 1828.

475. MONITEUR PRUSSIEN (Le) de Versailles. Reproduction des 13 numéros du Nouvelliste de Versailles et des 108 numéros du Moniteur officiel du gouvernement général du Nord de la France, parus à Versailles pendant l'occupation prussienne. Publiés par Georges D'Heylli. *Paris, L. Beauvais*. 1872, 2 vol. in-8, demi-rel. chagr. brun, tr. jasp.

476. MONSELET (Charles). Rétif de la Bretonne. Sa vie et ses amours. Documents inédits ; ses malheurs ; sa vieillesse et sa vie ; ce qui a été écrit sur lui, ses descendants, etc., avec un beau portrait par Nargeot et un fac-simile. *A Paris, chez Aug. Aubry*. 1858, in-12, dos et coins mar. bleu, tête dor., non rogné (*Rousselle*).

Un des 40 exemplaires imprimés sur papier de Hollande, contenant le portrait en deux états : eau-forte pure et avant la lettre.

477. MONSELET (Charles). Les Tréteaux, avec un frontispice dessiné et gravé par Bracquemond. *Paris, Poulet-Malassis*. 1859, in-12, demi-rel. mar. orange, tête dor., ébarbé (*Amand*).

Edition originale.

478. MONSELET (Charles). Les Oubliés et les dédaignés, figures littéraires de la fin du XVIIIe siècle. *Paris, Poulet-Malassis*, 1861. — Curiosités littéraires et bibliographiques. *Paris, Librairie des bibliophiles*, 1890 (Éd. orig.). — Ens. 2 vol. in-12, dont 1 cartonn., dos et coins toile rouge et 1 broché.

479. MONTEIL (A.-Alexis). Histoire de l'industrie française et des gens de métiers. Introduction, supplément et notes par Charles Louandre. *Paris, Bibliothèque nouvelle*, 1872, 2 vol. — Histoire financière de la France. *Ibid., id., s. d.* — Histoire agricole de la France. *Ibid., id., s. d.* — La Magistrature française des lois et les gens de loi. *Ibid., id., s. d.* — La Médecine en France. Hommes et doctrines. *Ibid., id., s. d.* — Ens. 6 vol. in-8, demi-rel. chag. brun, poli, dos orné, tête jaspée, non rog.

480. MURAILLES RÉVOLUTIONNAIRES (Les) de 1848. Collection des décrets, bulletins de la république : adhésions, affiches, fac-simile de signatures, professions de foi, etc., précédée d'une préface d'Alfred Delvau. Paris et les départements. Seizième édition illustrée de portraits ; augmentée d'une préface nouvelle, par M. Foucart, de beaucoup de pièces et documents inédits, etc. *Paris, E. Picard*, 1868, 2 vol. in-4, brochés.

481. MUSSET (Alfred). La Confession d'un enfant du siècle. — Nouvelles. — Poésies complètes. — Comédies et proverbes. — Contes. *Paris, Charpentier*, 1845-1860, 7 vol. in-12, demi-rel. veau fauve, tr. jasp.

482. MUSSET (Paul de). Extravagants et Originaux du XVIIe siècle ; galerie de portraits. Femmes de la Régence. *Paris, Charpentier*, 1848-1863, 3 vol. — NODIER (Charles). Souvenirs, portraits, épisodes de la Révolution et de l'Empire. *Ibid., id.*, 1850, 2 vol. — WEISS (Ch.). Histoire des réfugiés protestants de France, depuis la révocation de l'édit de Nantes jusqu'à nos jours. *Ibid., id.*, 1853, 2 vol. — Ens. 7 vol. in-12, brochés.

483. NERVAL (Gérard de). Lorely, souvenirs d'Allemagne. *Paris, Giraud et Dagneau*, 1852. — Les Illuminés. Récits et portraits. *Paris, Lecou*, 1852. — Les Filles du feu, nouvelles. *Paris, Giraud*, 1854. — Voyage en Orient. *Paris, Charpentier*, 1851, 2 vol. — Ens. 5 vol. in-12, demi-rel. veau bleu, tête marb., non rognés (*Amand*).

ÉDITIONS ORIGINALES, sauf le « *Voyage en Orient* ».

484. NISARD (C.). La Muse pariétaire et la muse foraine ou les

chansons des rues depuis quinze ans par C. N. *Paris, chez Jules Gay*, 1863, in-8, broché.

Tirage à 250 exemplaires.

485. NOUVELLE REVUE DE POCHE (La) littéraire, anecdotique et bibliographique. Tome premier. *Paris, Libr. de l'Académie des bibliophiles*, 1878, pet. in-12, broché.

Collection complète.

486. OCTAVE (L') de la Société des bibliophiles contemporains. *Athènes, chez Alexandre Koulos, imprimeur de Périclès, 100 cul de sac du Luc (près l'Acropole)*, 1000 800 8014 (1894), plaquette pet. in-4, brochée.

Satire très spirituelle contre O. Uzanne, président de la Société des Bibliophiles contemporains, tirée à 160 exemplaires et distribuée aux membres de la Société.

Exemplaire (n° 80) au nom de M. Eug.-A. Jacob.

487. OUVRAGES publiés par la librairie Auguste Aubry, 9 vol. pet. in-8 et in-12, dont 1 dos et coins mar. bleu, 1 rel. vélin blanc, 1 cartonné, les autres brochés.

Bibliothèque impériale (La). Son organisation, son catalogue, 1851. — Barthe (N.-T.). L'Amateur, comédie en vers, en un acte, 1870. — Lettre en vers sur les mariages de Mlle de Rohan avec M. Chabot, de Mlle de Rambouillet avec M. de Montausier, et de Mlle de Brissac avec Sabatier, 1862. — La Librairie de Jean duc de Berry au château de Mehun-sur-Yevre, 1860. — La Ferrière-Percy, Marguerite d'Angoulême (sœur de François Ier). Son livre de dépenses (1540-1549). Etude sur ses dernières années, 1862. — Procès du très meschant et détestable parricide Fr. Ravaillac, 1858. — Rohan-Soubise (Anne de). Poésies, et lettres d'Eléonore de Rohan-Montbazon, abbesse de Caen et de Malnoue à divers membres de la société précieuse, 1862. — Springer (A.). Paris au treizième siècle, traduit librement de l'allemand, 1860. — La Vieille, ou les dernières amours d'Ovide, poème français du XIVe siècle, traduit du latin de Richard de Fournival, 1861.

488. PIÈCES DRAMATIQUES ET OUVRAGES RELATIFS AU THÉATRE, 15 vol. et plaquettes in-12, dont 7 cartonn. demi-toile, et 8 brochés.

Barrière (Th.) et Capendu (E.). Les faux bonshommes, comédie en quatre actes. *Lévy*, 1860. — Barrière (Th.) et Murger (H.). La Vie de Bohème, pièce en cinq actes. *Paris*, 1849. (On y a joint une copie manuscrite d'un article de F. Sarcey, relative à la pièce). — Coquelin-Cadet. Le Monologue moderne. Illustrations de L. Loir. *Ollendorff*, 1881. — Guiard (E.). La Mouche, monologue. *Id.*, 1880. — Lees (Hanlon). Mémoires et pantomimes des frères Hanlon Lees. *Paris, s. d.* — Heilly (Georges d'). Delaunay, sociétaire de la Comédie française. *Tresse*, 1883. — Heilly (Georges d'). Regnier, sociétaire de la Comédie française. *Librairie générale*, 1872. — Joly (Jules). Un poète, comédie. *Miflliez*, 1854. — Legouvé (Ernest). Un jeune homme qui ne fait rien, comédie. *Lévy frères*, 1861. — Lucas (H.). Histoire philosophique et littéraire du théâtre français, depuis son origine jusqu'à nos jours. *Gosselin*, 1843. — Coquelin (C.). Les Comédiens, réponse à M. Octave Mirbeau. *Brunox*, 1883. — Ponsard (F.). Ulysse, tragédie mêlée de chœurs. *Lévy*, 1852. — Ponsard (F.). Ce qui plaît aux femmes, pièce en trois actes. *Lévy*, 1860. — Ponsard (F.). La Bourse, comédie en cinq actes, *Lévy*, 1856. — Sand (G.). François le Champi, comédie en trois actes. *Blanchard*, 1850.

489. POÉSIES DU XIXe SIÈCLE. 6 vol. in-12, brochés.

Barbier (Auguste). Rimes héroïques, Iambes et poèmes, Chants civils et religieux. *Charpentier*, 1845-1851, 3 vol. — Desplaces (Auguste). Galerie des poètes vivants. *Id.*, 1848. — Moreau (Hégésippe). Le Myosotis. *Masgana*, 1857, portrait gravé par Staal, tiré sur chine, ajouté. — Sainte-Beuve. Poésies complètes. *Charpentier*, 1846.

490. POÈTES FRANÇAIS, ou choix de poésies des auteurs du second et du troisième ordre, des XVe, XVIe, XVIIe et XVIIIe siècles, avec des notices sur chacun de ces auteurs, par J.-B.-J. Champagnac. *Paris, Menard et Desenne*, 1825, 6 vol. in-12, dos et coins mar. bleu, tête dor., non rognés.

491. PONSARD. Théâtre complet, contenant Lucrèce, Agnès de Méranie, Charlotte Corday, une Ode d'Horace. — Etudes antiques. Homère, Ulysse. *Paris, Michel Lévy frères*, 1851-1852, 2 vol. in-12, cartonn. demi-mar. brun, non rognés, couvert. (*Champs*).

Premières éditions collectives.

On y joint : les trois pièces suivantes de Ponsard en éditions originales : *La Bourse*, *Ce qui plaît aux femmes*, et *l'Honneur et l'argent* ; elles sont réunies en 1 vol. in-12. Même reliure.

492. RECLUS (Elisée). Nouvelle géographie universelle. La Terre et les hommes. *Paris, Hachette et Cie*, 1876-1894. 19 vol. gr. in-8, brochés.

Cet ouvrage renferme environ 2000 cartes intercalées dans le texte ou tirées à part, et plus de 600 gravures sur bois.

493. RÉGNIER. Œuvres. Édition Louis Lacour. *Paris, Académie des bibliophiles*, 1867, in-8, broché, dans le cartonnage de publication.

Exemplaire n° 115, imprimé sur papier vergé.

On y a joint : Rothschild (J. de). Essai sur les satires de Mathurin Régnier, 1573-1613. *Paris, Aubry*, 1863, in-8, broché. Tirage à 300 exemplaires (n° 112) sur papier vergé.

494. RETZ (Cardinal de). Mémoires adressés à Madame de Caumartin, suivis des instructions inédites de Mazarin, relatives aux frondeurs. Nouvelle édition, revue et collectionnée sur le ma-

nuscrit original avec une introduction, des notes, des éclaircissements tirés des mazarinades et un index par Aimé Champollion-Figeac. *Paris, Charpentier*, 1859, 4 vol. in-12, demi-rel. mar. rouge, tête dor., non rognés (*Raparlier*).

Exemplaire auquel on a ajouté 86 portraits modernes divers.

495. REVUE ANECDOTIQUE des lettres et des arts : de l'origine, 1855 à 1862. *Paris*, 1855-1862, 15 vol. in-12, cartonn. demi-toile grise. — La petite Revue anecdotique : de l'origine, 14 novembre 1863 à septembre 1867. *Paris, René Pincebourde*, 1863-1867, 13 vol., brochés. — Ens. 28 vol. in-12.

Collection complète.
On y joint les numéros 1 à 5 de 1868 et 1 à 7 de 1870 de la « *Petite Revue anecdotique* ». Cette série, publiée par A. de la Fizelière ne fait pas partie de la collection précédente, qui se termine au tome XIII, Albert de la Fizelière ayant simplement tenté de la continuer.

496. REVUE RÉTROSPECTIVE (et nouvelle revue rétrospective). Recueil de pièces intéressantes et de citations curieuses. — De juillet 1884 à juin 1904. *Paris*, 1884-1904, 40 vol. dont 1 de table (1884-1894), in-12, brochés.

497. RICH (Antony). Dictionnaire des antiquités romaines et grecques, accompagné de 2000 gravures d'après l'antique... Traduit de l'anglais sous la direction de M. Chéruel. *Paris, Firmin Didot frères*, 1859, pet. in-8, cartonn., dos et coins mar. olive, tête dor., non rogné (*Champs*).

498. SAUSSAYE (de la). Blois et ses environs. Troisième édition du Guide historique dans le Blesois, revue, corrigée, augmentée et illustrée de 38 vignettes. *Blois et Paris*, 1862, pet. in-8, broché.

Un des 100 exemplaires sur papier vergé teinté.

499. SERMIN SANTY. La Comtesse de Die. Sa vie, ses œuvres complètes, les fêtes données en son honneur, avec tous les documents. Introduction par Paul Mariéton. *Paris, Alph. Picard et fils*, 1893, in-8, broché.

Ouvrage tiré à 200 exemplaires seulement.
Envoi autographe de l'auteur sur le faux-titre.

500. SOULARY (Joséphin). Sonnets, poèmes et poésies. Nouvelle édition complète, revue, corrigée et augmentée, dédiée à la ville de Lyon. *Lyon, Imp. de Louis Perrin*, 1864, pet. in-8, broché.

Edition tirée à petit nombre et non mise dans le commerce.
Portrait de J. Soulary gravé par *Ragon*, tiré sur Chine, ajouté.

501. STENDHAL (Henry Beyle). Le Rouge et le Noir. Chronique du XIXe siècle. *Paris, Charpentier*, 1846. — La Chartreuse de Parme, précédée d'une notice sur la vie et les ouvrages de Beyle, par M. Colomb. *Paris, publié par Hetzel*, 1846. — Ens. 2 vol. in-12, cartonn. demi-toile rouge, non rognés.

Éditions rares.

502. SULLY PRUDHOMME. Poésies 1865-1888, 5 vol. pet. in-12, dos et coins mar. vert, tête dor., non rognés.

503. TALLEMENT DES RÉAUX. Les Historiettes. Troisième édition entièrement revue sur le manuscrit original, disposée dans un nouvel ordre, et précédée d'une notice historique et littéraire inédite sur l'auteur par MM. Paulin Paris et de Monmerqué. *Paris, Techener*, 1862, 6 vol. in-12, brochés.

504. THIERS (A.). Histoire de la Révolution française. Treizième édition. *Paris, Furne et Cie*, 1846, 10 vol. in-8, brochés et atlas in fol. oblong, dos et coins chagrin rouge, renfermant 32 cartes.

Cette édition est ornée de vignettes gravées sur acier d'après *Raffet, Scheffer, A. Johannot*, etc.

On y a joint : 1° L'atlas de l'histoire du Consulat et de l'Empire, Paris, 1859, in fol., 66 cartes, demi-rel. toile bleue. 2° Une suite de 4 portraits gravés par *Hopwood, Geoffroy, Mauduison* et *Pigeot*, d'après *Raffet, Jules David*, et *Charpentier*, épreuves tirées sur Chine. 3° Une suite d'un portrait gravé par *Hopwood* et de 40 vignettes d'après *Raffet* tirées sur Chine, dont 10 en épreuves avant la lettre.

505. THIERS (A.). Histoire du Consulat et de l'Empire. *Paris, Paulin*, 1845-1869, 21 vol. in-8, brochés.

On y a joint : Collection de 350 gravures, dessins de Philippoteaux, etc., pour l'Histoire du Consulat et de l'Empire. *Paris, Lheureux et Cie*, 1870, in-4, en feuilles dans un carton (Épreuves tirées sur papier de Chine).

506. TOMBEAU (Le) de Théophile Gautier. *Paris, Alph. Lemerre*, 1873, pet. in-4, broché.

Texte par V[or] Hugo, Paul Arène, Th. de Banville, J.-M. de Hérédia, Sully Prudhomme, etc.

Portrait de Th. Gautier, dessiné et gravé à l'eau-forte par *Bracquemond*.

507. TÖPFFER. Nouvelles genevoises, précédées d'une lettre adressée à l'éditeur par le comte Xavier de Maistre. *Paris, Charpentier*, 1846. — Réflexions et menus-propos d'un peintre genevois, ou essai sur le beau dans les arts. *Paris, J.-J. Dubochet, Lechevallier et Cie*, 1848, 2 vol. — Ens. 3 vol. in-12, cartonn. demi-mar. grenat, tête dor., non rognés, couvert. (*Champs*).

508. VATEL (Ch.). Dossiers du procès de Charlotte de Corday devant le Tribunal révolutionnaire. Extraits des Archives impériales et publiés par Ch. Vatel ; avec portrait et fac-simile. *Paris, Poulet-Malassis*, 1861, in-8, cartonn. demi-mar. bleu, dos orné et mosaïqué, tête dor., non rogné, couvert. (*Champs*).

509. VAULABELLE (Achille de). Chute de l'Empire. Histoire des deux Restaurations jusqu'à la chute de Charles X. *Paris, Perrotin*, 1847-1854, 7 vol. in-8, demi-rel. veau bleu, tr. jasp.

On y a ajouté une suite de 32 portraits (gravés sur acier et tirés sur chine), publiée par Chardon aîné.

510. VOLTAIRE. Œuvres complètes, avec des remarques et des notes historiques, scientifiques et littéraires. *Paris, Baudouin frères*, 1828, 75 vol. in-8, brochés.

On y a ajouté la suite des 70 figures et des 10 portraits par *Desenne*. Épreuves AVANT la lettre, tirées sur Chine et 7 portraits divers.

511. ZOLA (Émile). La Débacle. *Paris, Charpentier*, 1892, in-12, broché.

ÉDITION ORIGINALE.
PAPIER DE HOLLANDE.

IV. — BEAUX-ARTS. — OUVRAGES ANCIENS ET MODERNES

512. ALBUMS BOETZEL. Salons de 1865, 1869, 1870, 1872-1873. *Paris,* 1869-1873. 4 albums in-fol. oblong, cartonn. toile verte et rouge.

Chaque album renferme de nombreuses reproductions de tableaux.

513. ARCHIVES DE L'ART FRANÇAIS. Recueil de documents inédits relatifs à l'histoire des arts en France, publié sous la direction de Ph. de Chennevières et de M. A. de Montaiglon. *Paris. J.-B. Dumoulin.* 1851-1866. 14 vol. in-8, demi-rel. veau fauve, tr. jasp.

Collection complète, comprenant l'Abécédario de Mariette.
Le dernier volume est en deux fascicules brochés.

514. ARCHIVES DE L'ART FRANÇAIS (Nouvelles). Recueil de documents inédits publiés par la Société de l'histoire de l'art français : de 1872 à 1910. *Paris. Baur. Charavay et J. Schemit,* 1872-1910, 36 vol. et 3 fascicules in-8, brochés.

Nous ne possédons que le 1er fascicule de 1910.
On y joint : Bulletin de la Société de l'histoire de l'art français, 1875 à 1878 et 1907 à 1910 inclus. 5 vol. in-8, en fascicules.

515. ARMENGAUD (J.-G.-D.). Les Galeries publiques de l'Europe. Italie : Rome, Gênes, Milan, Parme, Venise, Naples, Florence, Pompéi, etc. *Paris, J. Claye et Imp. Lahure,* 1856-1866, 3 vol. in-fol., dos et coins mar. rouge, tête dor., non rognés.

Nombreuses gravures sur bois hors texte et dans le texte.

516. ARMENGAUD (J.-G.-D.). Les Trésors de l'art. *Paris, Ty-*

pogr. de Ch. Lahure, 1859, gr. in-4, demi-rel. chagrin rouge, plats toile, fers spéciaux, tr. dor. (*Rel. de l'éditeur*).

56 planches hors texte gravées sur acier.

517. ART DÉCORATIF (L'), revue de la vie artistique ancienne et moderne : de janvier 1908 à avril 1911. *Paris*, 1908-1911, in-4, en fascicules.

Il manque novembre 1909.

518. ART ET L'IDÉE (L'), revue contemporaine du dilettantisme littéraire et de la curiosité. *Paris*, 1892, 12 livraisons in-8, dans 2 emboîtages.

Collection complète.

519. ARTISTES CONTEMPORAINS ; par MM. H. Baron, Français, Gavarni, E. Leroux, Mouilleron, C. Nanteuil, etc. *Paris*, 1851, in-fol., en feuilles dans un carton.

Réunion de 67 planches diverses gravées à l'eau-forte ou lithographiées.

520. BASAN. Recueil d'estampes gravées d'après les tableaux du cabinet de Mgr. le duc de Choiseul, par les soins du s[r] Basan. *A Paris. chez l'auteur*, 1771, gr. in-4. dos et coins mar. grenat, tête dor., non rogné (*Champs*).

1 titre par *Choffard*, une dédicace gravée, 1 portrait non signé, description des tableaux, 12 pages, et 128 planches reproduisant la splendide galerie de tableaux du duc de Choiseul, gravées par *Baquoy*, *Binet*, *Deleaux*, *Dunker*, *Germain*, *Helbou*, *Ingouf*, *de Launay*, *Lebas*, *Lingée*, *Masquelier*, *Massard*, *Patas*, *Ponce*, *Romanet*, *Saint-Aubin*, etc.

Exemplaire auquel on a ajouté : 1° une épreuve tirée en contre-partie et avant la lettre de la planche 38 (*La Fête de village*) ; 2° une épreuve réduite tirée en contre-partie de la planche 47 (*Le Hachis d'oignons*).

La planche 39 est avant la lettre.

521. BASAN. Collection de 120 estampes gravées d'après les tableaux et dessins qui composoient le cabinet de M. Poullain : précédée d'un abrégé historique de la vie des auteurs qui la composent. *Se vend à Paris, chez Basan et Poignant*, 1781, in-4. dos et coins mar. grenat, tête dor., non rogné (*Champs*).

Portrait de Basan gravé par *Marais*, d'après *Cochin*, ajouté.

522. BATISSIER (L.). Histoire de l'art monumental dans l'antiquité et au moyen âge. Suivie d'un traité sur la peinture sur verre. Deuxième édition entièrement refondue par l'auteur. *Paris. Furne et Cie*, 1860, gr. in-8, dos et coins mar. violet, tête dor., ébarbé.

Nombreuses vignettes sur bois par *Sagot*, et 4 planches tirées en couleur hors texte.

523. BEAUX-ARTS (Ouvrages relatifs aux). 8 vol. in-12, brochés.

About (Ed.). Nos artistes au salon de 1857. *Hachette*, 1858. — Delécluze (J.). Les Beaux-Arts dans les deux mondes en 1855. *Charpentier*, 1856. — Garnier (Ch.). A travers les âges, causeries et mélanges. *Hachette*, 1869. — Guizot. Études sur les beaux-arts en général. *Didier*, 1858. — Mérimée (Prosper). Études sur les arts au moyen âge. *Lévy*, 1875. — Silvestre (Th.). Les Artistes français. Études d'après nature. *Dentu*, 1862. — Vitu (L.). Études sur les beaux-arts et sur la littérature. *Charpentier*, 1849, 2 vol.

524. BELLIER DE LA CHAVIGNERIE (Émile). Biographie et catalogue de l'œuvre du graveur Miger. *Paris, Dumoulin*, 1856, portrait. — Michel. Calepin d'un amateur d'estampes. *Alais*, 1865 (Tirage à 60 exemplaires). — Murr (C.-G. de). Notice sur les estampes gravées par Marc-Antoine Raimondi, d'après les dessins de Jules Romain, et accompagnées de sonnets de l'Arétin. *Bruxelles*, 1865 (Tirage à 100 exemplaires sur Hollande). — Silvestre (E. de). Israël Silvestre et ses descendants. *Paris*, 1869, portrait. — Ens. 4 vol. et brochures in-8 et in-12, brochés.

525. BÉRALDI (Henri). Mes Estampes. 1872-1884. *Lille, Imp. Danel*, 1887, pet. in-8, broché.

Tirage à 100 exemplaires (n° 18) sur papier de Hollande.

526. BLANC (Charles). Histoire des peintres de toutes les écoles. *Paris, Renouard*, 1849-1876, 14 vol. in-4, portraits et fac-simile, dos et coins mar. grenat, tête dor., non rognés (*Champs*).

Bel exemplaire bien complet.

527. BLANC (Charles). L'Œuvre complet de Rembrandt, décrit et commenté par Charles Blanc. Catalogue raisonné de toutes les eaux-fortes du maître et de ses peintures, orné de bois gravés et de 40 eaux-fortes tirées à part et rapportées dans le texte. *Paris, Guérin, s. d.* (1859-1861), 2 vol. in-8, portrait, brochés.

528. BONNAFFÉ (Ed.). Les Collectionneurs de l'ancienne Rome. Notes d'un amateur. *A Paris, chez Aug. Aubry*, 1867. — Les Collectionneurs de l'ancienne France. Notes d'un amateur. *Ibid., id.*, 1873. — Inventaire des meubles de Catherine de Médicis en 1589. Mobilier, tableaux, objets d'art, manuscrits. *Ibid., id.*, 1874. — Ens. 3 vol. in-8, dont 2, dos et coins mar. La Vall., tête dor., non rognés, et un broché.

Papier de Hollande pour deux ouvrages. *Les Collectionneurs de l'ancienne Rome* sont imprimés sur papier chamois.

529. BORDEAUX (Raymond). Traité de la réparation des églises.

Principes d'archéologie pratique, avec 90 figures dans le texte. *Evreux*, 1862. — Chateau (Léon). Histoire et caractères de l'architecture en France, depuis l'époque druidique jusqu'à nos jours. *Paris, Morel*, 1864, figures sur bois. — Lenoir (Alexandre). Notices sur les sépultures d'Héloïse et d'Abailard. *Id., Hacquart*, 1815, 7 planches hors texte. — Maignien (Edmond). Les Artistes grenoblois. Architectes, armuriers, brodeurs, graveurs, etc. Notes et documents inédits. *Grenoble*, 1887. — Ens. 4 vol. in-8, dont 1 cartonné et 3 brochés.

530. BOUCHOT (Henri). Le Livre, l'illustration, la reliure. Etude historique sommaire. *Paris, Quantin*, 1886. — Champeaux (A. de). Le Meuble. *Ibid., id.*, 1885, 2 vol. — Ens. 3 vol. in-8, cartonn. original de l'éditeur.

De la « *Bibliothèque de l'enseignement des beaux-arts* ».

531. BRACQUEMOND. Étude sur la gravure sur bois et la lithographie. *Paris, Imprimé pour Henri Béraldi*, 1897, in-8, broché.

Plaquette tirée à 138 exemplaires seulement et non mise dans le commerce.

532. BRY (Auguste). Raffet ; sa vie et ses œuvres, accompagné de deux portraits de Raffet lithographiés, de deux eaux-fortes inédites et de quatre fac-simile. Edition augmentée de cinq fac-simile de lettres inédites de Raffet. *Paris, J. Baur*, 1874, in-8, broché.

533. BULLETIN DE L'ALLIANCE DES ARTS, sous la direction de Paul Lacroix, pour les livres et de T. Thoré pour les tableaux. De l'origine, 25 juin 1842 à 10 avril 1848. *Paris*, 1842-1848, 4 vol. in-8, demi-rel. chagrin rouge, tr. jasp.

Les numéros du 25 avril et de mai et juin 1848 manquent.

On y a joint : les 3 premières années de l'Annuaire des artistes et des amateurs, publié par Paul Lacroix. *Paris, Renouard*, 1860-1862, 3 vol. in-8, brochés.

534. BURTY (Philippe). Chefs-d'œuvre des arts industriels. Céramique, verrerie et vitraux, émaux, métaux, orfèvrerie et bijouterie, tapisserie. Deux cents gravures sur bois. *Paris, Ducrocq*, *s. d.* (1866), gr. in-8, broché.

535. BURTY (Philippe). Les Emaux cloisonnés anciens et modernes. *Paris, Martz, s., d.* — Popelin (Claudius). L'Art de l'email. *Paris, Dupuis*, 1868. — Popelin (Claudius). L'Email des peintres. *Paris, A. Lévy*, 1866. — Ens. 3 vol. in-8 et in-12, dont un cartonné, les autres brochés.

Ces 3 vol. sont imprimés sur papier de Hollande et ornés de vignettes dans le texte.

536. CABINET DE L'AMATEUR (Le) et de l'antiquaire, revue des tableaux et des estampes anciennes ; des objets d'art, d'antiquité et de curiosité. *Paris*. 1842-1846, 4 vol. in-8, demi-rel., mar. vert, tête dor., ébarbés.

Cet exemplaire ne renferme pas la planche du « *Fumeur* » de Meissonier.

537. CATALOGUE de l'exposition de gravures anciennes et modernes (Cercle de la librairie) 4 juillet 1881. *Paris. Cercle de la Librairie*, 1881, in-4, cartonn. vélin blanc, non rogné (*Cartonn. de publication*).

Nombreuses reproductions hors texte.

538. CATALOGUE des tableaux anciens de toutes les écoles, composant la très importante collection de M. le Bon de Beurnonville. *Paris*, 1881, gr. in-8, broché.

Important catalogue orné de nombreuses reproductions hors texte, gravées à l'eau-forte.
Quelques prix d'adjudication sont marqués au crayon.

539. CATALOGUE des tableaux et desseins précieux des maîtres célèbres des trois écoles, figures de marbres, de bronze et de terre cuite, estampes en feuilles et autres objets du cabinet de feu M. Randon de Boïsset, receveur général des finances. Par Pierre Remy. On a joint à ce catalogue celui des vases, colonnes de marbres, porcelaines, des laques, des meubles de Boule, etc., par C.-F. Julliot. *A Paris, chez Musier, etc.*, 1777, in-12, cartonn. dos toile verte marbrée, non rogné (*Cartonn. mod.*).

Prix et quelques noms d'acquéreurs, marqués à l'encre.

540. CATALOGUE ILLUSTRÉ des œuvres de N. Berchère. *Paris, L. Baschet*, 1885, in-8, en feuilles dans le cartonnage de publication.

Exemplaire imprimé sur PAPIER DU JAPON, auquel on a ajouté trois dessins originaux de N. Berchère, l'un à l'encre de Chine, et les deux autres à la mine de plomb, et une photographie de l'artiste.

541. CATALOGUE ILLUSTRÉ de l'exposition des arts incohérents. *Paris, Bernard et Cie*, 1884, in-8, broché.

Exemplaire imprimé sur PAPIER DU JAPON.

542. CATALOGUE raisonné des diverses curiosités du cabinet de feu M. Quentin de Lorangère, composé de tableaux originaux des meilleurs maîtres de Flandres.... avec une table alphabétique par E.-F. Gersaint. *A Paris, chez Jacques Barois*, 1744, in-12, cartonn. demi-mar. grenat, tête dor. (*Champs*).

Frontispice dessiné et gravé par *Cochin fils*.

543. CATALOGUE raisonné des différens objets de curiosités dans les sciences et arts, qui composoient le cabinet de feu M. Mariette, par F. Basan. *A Paris, chez l'auteur*, 1775, in-8, veau marb., dos orné, tr. rouges (*Rel. anc.*).

Exemplaire avec les prix d'adjudication mis à l'encre.
Orné d'un titre par *Moreau*, d'un frontispice par *Cochin*, gravé par *Choffard* et de 4 planches.
On a relié à la suite : le Catalogue des tableaux du duc de Choiseul, par J.-F. Boileau. *Paris, Prault*, 1772. Prix à l'encre.

544. CATALOGUES DE VENTES DE TABLEAUX MODERNES. Réunion de 18 catalogues in-4 et in-8.

Collections Jacobson, de La Haye, Laurent-Richard, Faure, Arosa, Viot, Sedelmeyer, Hartmann, Suermondt, etc., etc.
Catalogues illustrés.

545. CATALOGUES ILLUSTRÉS de ventes d'objets d'art. Réunion de 5 catalogues in-4 et in-8, brochés.

Collections : Joseph Fau, Oppenheim, Castellani, Double, La Béraudière.

546. CATALOGUES ILLUSTRÉS de ventes de tableaux anciens et modernes. Réunion de 18 catalogues in-4 et in-8, brochés.

Collection A. Febvre, de Beurnonville, Rapin, Narischkine, Lissingen, Wilson, Scharf, Marcille, Schneider, Nieuwenhuys, Saucède, Vallet, Koucheleff Besborodko, Sabatier, Roxard de la Salle, Pereire.
La plupart sont avec prix d'adjudication.

547. CHAMPFLEURY. Les Frères Le Nain. *Paris, Vve Renouard*, 1862. — Documents positifs sur la vie des frères Le Nain. *Ibid.*, *id.*, 1865. — Ens. 1 vol. et 1 plaquette in-8, brochés.

548. CHAMPFLEURY. Histoire des faïences patriotiques sous la Révolution. *Paris, Dentu*, 1867, in-8, broché.

Edition originale, ornée de nombreuses vignettes hors texte et dans le texte.

549. CHAMPFLEURY. Henry Monnier, sa vie, son œuvre, avec un catalogue complet de l'œuvre et 100 gravures fac-simile. *Paris, E. Dentu*, 1879, in-8, cartonn., dos et coins mar. grenat, tête dorée, non rogné, couverture (*Champs*).

On a joint 7 lithographies originales d'*Henry Monnier*, dont 5 coloriées, et trois lettres autographes, dont une de Champfleury, relative au livre et deux autres, relatives à Mme Monnier. Elles semblent adressées à M. Ph. Burty.

550. CHAMPFLEURY. Histoire de la caricature antique (au Moyen âge, sous la Réforme, sous la République, l'Empire et la

Restauration). *Paris, E. Dentu* (1865-1880), 4 vol. — Histoire de la caricature moderne. *Ibid.*, *id.* (1865). — Le Musée secret de la caricature. *Ibid.*, *id.*, 1888. — Ens. 6 volumes in-12, figures, brochés.

Éditions originales.

551. CLARETIE (Jules). Peintres et sculpteurs contemporains. Première série : Artistes décédés de 1870 à 1880. Deuxième série : Artistes vivants en janvier 1881. Portraits gravés par L. Massard. *Paris. Lib. des bibliophiles*, 1882-1884, 2 vol. in-8, brochés.

552. CLÉMENT (Charles). Prud'hon. Sa vie, ses œuvres et sa correspondance. Deuxième édition. *Paris, Didier et Cie*, 1872, in-8, figures, dos et coins mar. bleu, tête dorée, non rogné.

30 planches, hors texte.

553. CLÉMENT DE RIS (Le Comte L.). Les Musées de province. *Paris, Vve Jules Renouard*, 1859-1861, 2 vol. in-8, brochés.

554. COLLECTION de M. John W. Wilson, exposée dans la galerie du Cercle artistique et littéraire de Bruxelles. *Paris, Imp. de Jules Claye*, 1873, in-4, broché.

Troisième édition ornée de 68 planches hors texte.
Exemplaire no 108 imprimé sur papier de Hollande.

555. COLLECTIONS DE SAN DONATO. Tableaux, marbres, dessins, aquarelles et miniatures. *Paris*, 1870. — Catalogue de 23 tableaux des écoles flamande et hollandaise, provenant de la célèbre galerie de San Donato. *Paris*, 1868. — Ens. 2 vol. in-8, brochés.

Exemplaires ornés de reproductions hors texte, et renfermant les prix d'adjudication.

556. COMPTES DES BATIMENTS DU ROI (Les) (1528-1571), suivis de documents inédits sur les châteaux royaux et les beaux-arts au xvie siècle, recueillis et mis en ordre par le marquis Léon de Laborde. *Paris, J. Baur*, 1877-1880, 2 vol. in-8, brochés.

Publication de la *Société de l'histoire de l'art français*.

557. CORRESPONDANCE des Directeurs de l'Académie de France à Rome, avec les surintendants des bâtiments ; publiée d'après les manuscrits des Archives nationales, par M. Anatole de Montaiglon et Jules Guiffrey, sous le patronage de la Direc-

tion des beaux-arts, 1666-1804. *Paris, Charavay frères,* 1887-1908, 17 vol. in-8, brochés.

Publication de la *Société de l'histoire de l'art français.*

558. COURAJOD (Louis). Alexandre Lenoir. Son journal et le Musée des monuments français. *Paris, H. Champion.* 1878-1887, 3 vol. in-8, brochés.

559. DAVILLIER (Le baron Ch.). Le Cabinet du duc d'Aumont et les amateurs de son temps. Catalogue de sa vente avec les prix, les noms des acquéreurs et 32 planches d'après Gouthière. Accompagné de notes et d'une notice sur Pierre Gouthière sculpteur, ciseleur et doreur du Roi, et sur les principaux ciseleurs du temps de Louis XVI. *A Paris, chez Aug. Aubry,* 1870, in-8, dos et coins mar. bleu, tête dor., non rogné (*Rousselle*).

Edition tirée à 316 exemplaires (nº 160).

560. DAVILLIER (Baron). Fortuny. Sa vie, son œuvre, sa correspondance, avec cinq dessins inédits et deux eaux-fortes originales. *A Paris, chez A. Aubry,* 1875. — Atelier Fortuny. Œuvre posthume. Objets d'art et de curiosité, armes, faïences, étoffes et broderies, bronzes, etc. Notices par MM. Ed. de Beaumont, baron Davillier, A. Dupont-Auberville. *Paris, Imp. de Claye,* 1875. — En 1 vol. in-8, cartonn. demi-mar. bleu, tête dor., non rogné, couvert. (*Champs*).

On y a ajouté 2 héliogravures publiées par la *Gazette des beaux-arts.*

561. DE LA COMBE. Charlet, sa vie, ses lettres, suivi d'une description raisonnée de son œuvre lithographique par M. De La Combe. Orné d'un portrait de Charlet. *Paris, Paulin et Le Chevalier,* 1856, in-8, demi-rel. veau vert, ébarbé.

On a inséré dans l'ouvrage 3 planches de *Charlet.*

562. DELÉCLUZE (E.-J.). Louis David. Son école et son temps : souvenirs. *Paris, Didier,* 1855. — GONCOURT (Edmond de). Catalogue raisonné de l'œuvre peint, dessiné et gravé de P.-P. Prud'hon. *Paris, Rapilly,* 1876. — LENORMANT (Ch.). François Gérard, peintre d'histoire. Essai de biographie et de critique. *Paris, A. René,* 1847. — Ens. 3 vol. in-8 et in-12, brochés.

563. DESCAMPS (J.-B.). La Vie des peintres flamands, allemands et hollandois, avec des portraits gravés en taille-douce, une indication de leurs principaux ouvrages, et des réflexions sur leurs différentes manières. *A Paris, chez Ch. Ant. Jombert,* 1753-1764, 4 vol., 2 vignettes de dédicace, et 168 portraits par Des-

camps, Eisen et Campion. — Voyage pittoresque de la Flandre et du Brabant. *Paris, chez Desaint, Saillant,* 1769, 1 vol., 1 vignette de dédicace, 5 figures non signées et 1 carte pliée. — Ens. 5 vol. in-8, demi-rel. veau fauve, tr. marb. (*Rel. mod.*).

Les portraits des tomes 1, 2 et 4 sont tirés sur papier de Chine. Le frontispice par Descamps manque.

564. DIDEROT. Le Salon de 1765 et de 1767, suivi d'un essai sur la peinture et de pensées détachées sur la peinture, la sculpture, l'architecture et la poésie... *A Paris, chez Deterville,* an VIII, 3 vol. in-12, cartonn., demi-mar. brun, tête dor., non rognés (*Champs*).

Tomes XIII, XIV et XV des Œuvres; édition publiée par Jacques-André Naigeon.

565. DOLENT (Jean). Petit manuel d'art à l'usage des ignorants. La Peinture. la sculpture. Six eaux-fortes par Eug. Millet. *Paris. Lemerre,* 1874. — GABET (Ch.). Dictionnaire des artistes de l'école française au XIXe siècle, orné de vignettes gravées par M. Deschamps. *Paris, Vergne.* 1831. — KLOTZ (Lucien). L'Illusion dans l'art. *Paris,* 1908. — Ens. 3 vol. in-8 et in-12, brochés.

566. DU BROC DE SEGANGE (L.). La Faïence, les faïenciers et les émailleurs de Nevers. *Nevers. publication de la Société nivernaise,* 1863, in-4, broché.

Ouvrage orné de 21 lithographies hors texte, en noir et en couleurs.

567. DUPLESSIS (Georges). Mémoires et journal de J.-G. Wille, graveur du roi, publiés d'après les manuscrits autographes de la Bibliothèque impériale, avec une préface par Edm. et J. de Goncourt. *Paris. Vve Jules Renouard,* 1857, 2 vol. in-8, brochés.

568. ENAULT (Louis). Paris-Salon. Années 1881 à 1885 inclus. *Paris. Bernard et Baschet,* 1881-1885. 10 vol. in-8, cartonnés et brochés.

Chaque volume est orné de nombreuses reproductions hors texte en phototypie.

569. EUDEL (Paul). Le Truquage. Les contrefaçons dévoilées. *Paris. Dentu,* 1884. — Collections et collectionneurs. *Paris, Charpentier et Cie.* 1885. — Ens. 2 vol. in-12, cartonn. dos et coins toile rouge. non rognés (*Couvert.*).

ÉDITIONS ORIGINALES.
Exemplaires imprimés sur PAPIER DE HOLLANDE.

570. EUDEL (Paul). L'Hotel Drouot et la curiosité. *Paris,*

Charpentier, 1883-1891, 9 vol. in-12, cartonn., dos. et coins toile bleue, non rognés (*Couvert.*).

Collection complète de 1882 à 1888 y compris le volume de table. Exemplaires imprimés sur PAPIER DE HOLLANDE.

571. EXPOSITIONS DE PEINTURE (Ouvrages relatifs aux). 8 vol. in-8 et in-12, dont 3 reliés, les autres brochés.

BURGER (W.). Trésors d'art exposés à Manchester en 1857 et provenant des collections royales, des collections publiques et des collections particulières de la Grande Bretagne. *Paris, Renouard*, 1857. — CATALOGUE des ouvrages de peinture, sculpture, gravure, etc., refusés par le jury de 1863 et exposés au salon annexe du palais des Champs Elysées le 15 mai 1863. *Paris*, 1863. — CATALOGUE des œuvres d'art de l'exposition universelle de 1867. *Paris, Dentu*, 1867. — DU CAMP (Max.). Les Beaux-arts à l'exposition universelle de 1855. Peinture, sculpture, *Paris*, 1855. — GOSSELIN (Th.). Histoire anecdotique des salons de peinture depuis 1673. *Paris, Dentu*, 1881. — GOUJON (J.). Salon de 1870. Propos en l'air, *Paris, s. d.* — LA FIZELIÈRE (A. de). Salon de 1850-1851, *Paris*, 1851. — LAFONT DE SAINT-YENNE. Reflexions sur quelques causes de l'état présent de la peinture en France. *La Haye, Neaulme*, 1747.

572. FAIENCES ET AUX PORCELAINES (Ouvrages relatifs aux). 4 vol. et plaquettes in-8 et in-12, brochés.

CABINET DE CHAMPFLEURY. Faïences historiques. Royauté, Révolution, Empire, Restauration, Gouvernement constitutionnel. Catalogue 1868. — DEMMIN (Aug.). Guide de l'amateur de faïences et porcelaines. *Renouard*, 1861. — LA FERRIÈRE-PERCY (Cte de). Une Fabrique de faïence à Lyon sous le règne de Henri II. *Aubry*, 1862. — TAINTURIER (A.). Les Terres émaillées de Bernard Palissy, inventeur des rustiques figulines. Etude sur les travaux du maître et de ses continuateurs, suivi du catalogue de leur œuvre. *Didron*, 1863, figures dans le texte et planches hors texte.

573. FÉLIBIEN. Conférences de l'Académie royale de peinture et de sculpture, pendant l'année 1667. *A Paris, chez Fred. Léonard*, 1669, in-4, veau brun. tr. rouges (*Rel. anc.*)

On y joint: 1° ETRENNES PITTORESQUES, allégoriques et critiques; opuscule mélangé, dont une partie peut faire suite et matière aux annales de nos beaux-arts. *Paris, Vve Duchesne*, 1778, in-12, demi-rel. bas. fauve (*Rel. mod.*). — 2° LETTRE DE M. RAPHAËL le jeune, élève des écoles gratuites de dessin, neveu de feu M. Raphaël, peintre de l'Académie de St.-Luc, à un de ses amis, architecte à Rome, sur les peintures, sculptures et gravures qui sont exposées cette année au Louvre. *S. l.*, 1771, in-8, cartonné.

574. GAILHABAUD (Jules). L'Architecture du ve au XVIIe siècle, les arts qui en dépendent, la sculpture, la peinture murale, la peinture sur verre, la mosaïque, la ferronnerie, etc. Publiés d'après les travaux inédits des principaux architectes français et étrangers. *Paris, Gide*, 1858. 4 vol. in-4, figures, dos et coins

chagrin rouge, fil., plats toile rouge, dos orné, non rognés (*Rel. de l'éditeur*).

Première édition préférable à la deuxième pour les planches et l'exécution matérielle du livre.

575. GAILHABAUD (Jules). L'Architecture du ve au xviie siècle et les arts qui en dépendent. *Paris, Gide*, 1858, in-fol., dos et coins chagrin rouge, plats toile, non rogné.

45 planches dont 18 en couleurs.
Partie de l'ouvrage relative aux cathédrales de Reims, Chartres, Cologne. Paris.

576. GAULT DE SAINT-GERMAIN. Guide des amateurs de tableaux pour les écoles allemande, flamande et hollandaise. *Paris, J. Renouard et Cie*, 1841, 2 vol. in-8, brochés.

On y joint ; Le petit Trésor des artistes et des amateurs des arts, ou le guide sûr et infaillible des peintres, sculpteurs, dessinateurs, graveurs, architectes, décorateurs, etc. dans le choix des sujets allégoriques ou emblématiques qu'ils ont à employer dans leurs compositions.... *A Paris, chez Huet*, an VIII, 3 tomes en 1 vol. in-12, nombreuses figures gravées en taille-douce, veau fauve, pet. dent., tr. dor. (*Rel. anc.*).

577. GAZETTE DES BEAUX-ARTS : de l'origine 1859 à mai 1911. *Paris*, 1859-1911, 107 vol. in-8, dont 4 de tables (1859-1892), dos et coins mar. vert, tête dor., non rognés.

Les années 1910 et 1911 sont en fascicules.
On y joint : 1° Chronique des arts et de la curiosité, supplément à la Gazette des beaux-arts : du 1er décembre 1861 au 13 mai 1911. *Paris*, 1861-1911. 47 vol. in-4 et in-8, brochés. 2° Annuaire publié par la Gazette des beaux-arts. Ouvrage contenant tous les renseignements indispensables aux artistes et aux amateurs. 1869, in-8, dos et coins mar. vert, tête dor., non rogné.

578. GALERIE de feu S. E. le cardinal Fesch, ancien archevêque de Lyon, ou catalogue raisonné des tableaux de cette galerie, accompagné de notices historiques et analytiques des maîtres des écoles flamande, hollandaise et allemande. *A Rome*, 1844. 3 parties en 1 vol. in-8, demi-rel. chagrin bleu, tr. marb.

La première partie manque.
Exemplaires avec les prix d'adjudication au crayon.
On y joint : Catalogue des tableaux composant la galerie de feu S. E. le cardinal Fesch. *Rome*, 1841, in-4, broché (catalogue très sommaire, publié pour une vente en bloc de la collection).

579. GIACOMELLI (H.). Raffet. Son œuvre lithographique et ses eaux-fortes, suivi de la bibliographie complète des ouvrages illustrés de vignettes d'après ses dessins. Orné d'eaux-fortes iné-

dites par Raffet et de son portrait par M. J. Bracquemond. *Paris, Gazette des beaux-arts*, 1862, in-8, broché.

580. GONCOURT (Edmond de). Catalogue raisonné de l'œuvre peint, dessiné et gravé d'Antoine Watteau. *Paris. Rapilly*, 1875, in-8, portrait, broché.

581. GONCOURT (Edmond de). La Maison d'un artiste. *Paris, Charpentier*, 1881, 2 vol. in-12, brochés.

Edition originale.

582. GONCOURT (Edm. et J. de). L'Art du dix-huitième siècle. *Paris, E. Dentu*. 1859-1875. 12 fascicules reliés en un vol. in-4, dos et coins mar. grenat, dos orné, tête dor., ébarbé (*Champs*).

Edition originale tirée à 200 exemplaires.

Exemplaire auquel on a ajouté les couvertures de livraisons, 24 planches diverses publiées par la *Gazette des beaux-arts*, 3 portraits des Goncourt dont 2 tirés sur Chine, 1 planche d'après *Greuze*, gravée par *Saint-Aubin*, 1 vignette par *Gravelot*, gravée par *Le Mire*, 1 vignette d'après *Moreau*, tirée sur Chine, 1 figure par *Fragonard*, gravée par *Saint Non* (1770), et 1 vignette par le même gravée par *Boilvin*.

583. GONSE (Louis). L'Art japonais. *Paris, A. Quantin*, 1883, 2 vol. gr. in-4, dans le cartonnage en satin de l'éditeur, non rognés.

Exemplaire (n° 125) imprimé sur papier vélin.

Nombreuses planches hors texte et figures dans le texte, gravées sur bois.

584. GRAVURE (Ouvrages relatifs à la). 5 vol. et plaquettes in-8.

Didot (Amb. Firmin). Essai typographique et bibliographique sur l'histoire de la gravure sur bois. *Paris, Didot*, 1863. — Duplessis (Georges). Essai de bibliographie contenant l'indication des ouvrages relatifs à l'histoire de la gravure et des graveurs. *Paris, Rapilly*, 1862. — Duplessis (Georges). Histoire de la gravure en France. *Ibid., id.*, 1861. — Estampe nouvelle (L'). Annuaire. 1897-1908, eau-forte en couleur de Malo Renault. — Statuts de la Société des Amis de l'eau-forte ; eau-forte de Lalauze.

585. HAVARD (Henry). Dictionnaire de l'ameublement et de la décoration, depuis le XIIIe siècle jusqu'à nos jours. *Paris, Quantin, s. d.*, 4 vol. in-4, cartonnés.

Ouvrage illustré de 256 planches hors texte et de plus de 2 500 gravures dans le texte.

586. HENRIET (Frédéric). C. Daubigny et son œuvre gravé. Eaux-fortes et bois inédits par C. Daubigny, Karl Daubigny,

Léon Lhermitte... *Paris, A. Lévy*, 1875, gr. in-8, cartonn., dos et coins mar. bleu, tête dor., non rogné, couvert. (*Champs*).

Exemplaire imprimé sur PAPIER DE HOLLANDE auquel on a ajouté 6 planches de Daubigny, dont 4 extraites de la *Gazette des beaux-arts*, et 2 des *Chants et chansons populaires*.

587. JACQUEMART (Albert) et Edmond LE BLANT. Histoire artistique, industrielle et commerciale de la porcelaine. Enrichie de vingt-six planches gravées à l'eau-forte par Jules Jacquemart. *Paris, J. Techener*, 1862, pet. in-folio, dos et coins mar. brun, tête dorée, non rogné (*David*).

Le nombre des eaux-fortes est de 28.

588. JAL (A.). Esquisses, croquis, pochades, ou tout ce qu'on voudra, sur le salon de 1827. *Paris, Amb. Dupont et Cie*, 1828, in-8, demi-rel. veau rouge, tr. jasp.

3 (sur 8) lithographies hors texte par *Henry Monnier* (coloriée), *Bonnefond* et *Picot*.

589. JOURNAL DES COMMISSAIRES-PRISEURS, des courtiers, notaires, greffiers et huissiers en qualité d'officiers vendeurs de meubles et marchandises. Recueil spécial de jurisprudence, de doctrine et de législation, et de renseignements et détails sur l'estimation des meubles, des tableaux, livres, médailles, objets d'art et de curiosité, par M. Le Hir : de 1854 à 1879. *Paris*, 1854-1879. 13 vol. in-8, cartonn. demi-toile rouge, non rognés.

2 volumes sont brochés.
A partir de 1858, le titre change en celui de : *Journal des amateurs d'objets d'art et de curiosité*.

590. LABORDE (Cte Léon de). Histoire de la gravure en manière noire. *Paris, Imp. de J. Didot l'aîné*, 1839, in-8, demi-rel. bas. verte, dos orné, tr. marb. (*Rel. de l'époque*).

13 planches hors texte et 1 fac-simile.
Ouvrage recherché, devenu très rare.

591. LABORDE (Cte L. de). Les Ducs de Bourgogne. Etudes sur les lettres, les arts et l'industrie pendant le XVe siècle, et plus particulièrement dans les Pays-Bas et le Duché de Bourgogne. Seconde partie : Preuves. *Paris, Plon frères*, 1849-1852. 3 vol. — La Renaissance des arts à la cour de France. Etudes sur le XVIe siècle. Additions au tome I. Peinture. *Paris, L. Potier*, 1855, 1 vol. — Ens. 4 vol. in-8, brochés.

592. LABORDE (Cte L. de). Notice des émaux, bijoux et objets divers exposés dans les galeries du Musée du Louvre. *Paris*,

Vinchon, 1853, 2 vol. pet. in-8, dos et coins mar. rouge, tête dor., non rognés (*Rousselle*).

Papier vélin.

593. LABORDE (Cte L. de). Athènes aux xve, xvie et xviie siècles. *Paris, chez Jules Renouard et Cie*, 1854, 2 vol. in-8, figures, demi-rel. chagrin noir, tr. jasp.

Ouvrage orné de planches hors texte dont la plupart représentent des fac-simile de vues et plans anciens.

Cet ouvrage contient après la page 76 du tome premier une eau-forte gravée par *Meryon* (Delteil, no 61). Elle est intitulée ; *Entrée du couvent des Capucins français à Athènes*, et est une copie partielle et réduite d'une planche gravée par l'architecte *Le Roy*.

594. LABORDE (Cte L. de). Quelques idées sur la direction des arts et sur le maintien du goût public. *Paris, Imprimerie impériale*, 1856, gr. in-8, broché.

Extrait imprimé sur Hollande de l'ouvrage : *Union des arts et de l'industrie*.

On y a joint une lettre autographe du comte de Laborde, relative au livre.

595. LA CHAVIGNERIE (Émile B. de). Recherches historiques, biographiques et littéraires sur le peintre Lantara, avec la liste de ses ouvrages, son portrait et une lettre apologétique de M. Couder. *Paris, Dumoulin*, 1852, in-8, demi-rel. mar. gris, tête dor., non rogné (*Champs*).

596. LAFENESTRE (Georges). Le Livre d'or du salon de peinture et de sculpture. Catalogue descriptif des œuvres récompensées et des principales œuvres hors concours. Années 1879 (première année) à 1890 inclus. *Paris, Librairie des bibliophiles*, 1879-1890, 12 vol. gr. in-8, brochés.

Nombreuses reproductions gravées à l'eau-forte par *Boilvin, Charpentier, Courtry, Lalauze, Le Rat, Manesse, Toussain*, etc., etc.

597. LE BLANC (Ch.). Manuel de l'amateur d'estampes, contenant : un dictionnaire des graveurs de toutes les nations, un répertoire des estampes dont les auteurs ne sont connus que par des marques figurées, un dictionnaire des monogrammes des graveurs, etc., etc. *Paris, P. Jannet*, 1854-1856, 2 vol. in-8, brochés.

Tomes I et II seuls s'arrêtant au nom de Melar.

598. LETURCQ (J.-F.). Notice sur Jacques Guay, graveur sur pierres fines du roi Louis XV. Documents inédits émanant de Guay et notes sur les œuvres de gravure en taille-douce et en

pierres fines de la marquise de Pompadour. *Paris, J. Baur*, 1873, gr. in-8, broché.

Publication de la *Société de l'histoire de l'art français*, tirée à 500 exemplaires sur papier vergé.
Cet ouvrage est orné de 11 planches hors texte.
On a ajouté à cet exemplaire 3 portraits de Mme de Pompadour, dont 1 par *Staal*, gravé en couleur, 1 gravé par *Saint-Aubin*, d'après *Cochin*, daté de 1764 et 1 gravé sur bois d'après *Boucher*.

599. LIÈVRE (Édouard). Le Musée universel, par Edouard Lièvre, avec le concours des artistes et des écrivains les plus distingués. *Paris, Goupil et Cie*, 1868-1869, 3 vol. in-4, brochés.

Trois séries renfermant ensemble 73 reproductions hors texte.

600. MÉMOIRES inédits sur la vie et les ouvrages des membres de l'Académie royale de peinture et de sculpture, publiés d'après les manuscrits conservés à l'Ecole impériale des beaux-arts, par MM. L. Dussieux, E. Soulié, Ph. de Chennevières, Paul Mantz, A. de Montaiglon. *Paris, J.-B. Dumoulin*, 1854, 2 vol. in-8, brochés.

601. MÉMOIRES pour servir à l'histoire de l'Académie de peinture et de sculpture, depuis 1648 jusqu'en 1664 publiés pour la première fois par M. Anatole de Montaiglon. *A Paris, chez P. Jannet*, 1853, 2 vol. pet. in-12, demi-rel. cuir de Russie, tête dor., non rognés.

602. MICHIELS (Alfred). Histoire de la peinture flamande, depuis ses débuts jusqu'en 1864. *Paris, Lacroix et Cie*, 1865-1876, 10 vol. in-8, brochés.

603. MOREAU (Adolphe). Decamps et son œuvre, avec des gravures en fac-simile des planches originales les plus rares. *A Paris, chez D. Jouaust*, 1869, in-8, broché.

604. MUSÉE (Le). Reproductions des chefs-d'œuvre des artistes contemporains français et étrangers. Corot, Courbet, Daubigny, Gérome Hamon, Rousseau, Vibert, Willems, etc., etc. *Paris, Le Chevalier, s. d.*, in-4, cartonné.

104 reproductions lithographiques.

605. MUSÉES (Ouvrages sur les). 13 vol. et plaquettes in-8 et in-12, brochés.

CHENNEVIÈRES (Ch. de). Notice historique et descriptive sur la galerie d'Apollon au Louvre. *Paris, Pillet*, 1851. — CLARAC (Comte de). Description du Musée royal des antiques du Louvre. *Paris, Vinchon*, 1830. — NOTICE des tableaux de la galerie espagnole exposés au musée du Louvre.

Paris, Crapelet, 1838. — Notice des dessins placés dans les galeries du Musée royal au Louvre. *Paris, Vinchon*, 1839. — Notice historique sur les manufactures impériales de tapisseries des Gobelins et de tapis de la Savonnerie. *Paris*, 1861. — Livrets des salons de Lille (1773-1788), précédés d'une introduction et suivis d'une table de noms. *Paris, Baur*, 1882. — Sauzay (A.). Musée de la Renaissance. Notice des ivoires. *Paris, Mourgues*, 1863. — Soulié (Eud.). Notice du Musée impérial de Versailles. *Paris, Mourgues*, 1861, 3 vol. — Villot (Fréd.). Notice des tableaux exposés dans les galeries du Musée impérial du Louvre. *Paris, Vinchon*, 1853-1859, 3 vol.

606. **NADAR JURY** au salon de 1853. Album comique de 60 à 80 dessins coloriés. Compte rendu d'environ 800 tableaux, sculptures, etc., etc. Texte et dessins par Nadar. *Paris, J. Bry aîné, s. d.* (1853), pet. in-4, oblong, cartonn. demi-toile, non rogné (*Couvert. illust.*).

Édition originale.

607. **ŒUVRE ET L'IMAGE (L')**, revue mensuelle de l'art contemporain, de l'origine novembre 1900 à décembre 1902. *Paris, à la Maison du Livre*, 1900-1902, 3 vol. gr. in-8, en fascicules, dans des cartons.

Il manque novembre et décembre 1901.

On y a joint : Les Arts bibliographiques ; de l'origine janvier 1904 à décembre 1907. *Paris, Maison du Livre*, 1904-1907, 4 années complètes en fascicules in-4.

608. **PALAIS DE SAN DONATO.** Catalogue des objets d'art et d'ameublement. Tableaux. *Paris et Bruxelles*, 1880, in-4, broché.

Important catalogue orné de nombreuses reproductions hors texte gravées à l'eau-forte et dans le texte, gravées sur bois.

609. **PEINTRES FRANÇAIS DU XVIIIe SIÈCLE** (Ouvrages relatifs aux). 8 opuscules gr. in-8 et in-8, dont 1 cartonné, et 7 brochés.

Ballot de Sovot. Eloge de Lancret, peintre du roi. *Paris, Baur, s. d.* — Bellier de la Chavignerie (E.). Les Artistes français du XVIIIe siècles oubliés ou dédaignés. *Paris, Renouard*, 1865. — Champfleury. De La Tour. *Paris, Didron*, 1855. — Draibel (H.) [Beraldi]. L'Œuvre de Moreau le jeune. Notice et catalogue. *Paris, Rouquette*, 1874. — Dumont. Antoine Watteau. *Valenciennes*, 1866. — Greuze, sa vie et son œuvre, sa statue. Le Musée Greuze. *Paris*, 1868 (Extrait de l' « Artiste »). — Puychevrier (Sylvain). Le Peintre Etienne Jeaurat. Essai historique et biographique sur cet artiste. *Paris, Aubry*, 1862. — Tombeau de Watteau (Le) à Nogent-sur-Marne. Notice historique sur la vie et la mort d'Ant. Watteau (publié par Jules Cousin). *Nogent-sur-Marne*, 1865.

610. PEINTRES FRANÇAIS DU XIXe SIÈCLE (Ouvrages relatifs aux). 6 vol. in-8 et in-12, brochés.

Burty (Ph.). Paul Huet. Notice biographique et critique. *Paris*, 1869, eaux-fortes hors texte. — Chesneau (E.). Les Chefs d'école. L. David, Gros, Géricault, Decamps, etc. *Paris, Didier*, 1862. — Dumesnil (Henri). Corot. Souvenirs intimes. *Paris, Rapilly*, 1875, portrait. — Feuillet de Conches. Léopold Robert, sa vie, ses œuvres, sa correspondance. *Paris, Lévy*, 1854. — Lasteyrie (F. de). La Peinture à l'Exposition universelle. Etude sur l'art contemporain. *Paris, Castel*, 1863. — Silvestre (Théophile). Eugène Delacroix. Documents nouveaux. *Paris, Lévy*, 1864.

611. PICCOLPASSI (Cyprian). Les troys libvres de l'art du potier, esquels se traicte non seulement de la practique, mais briefvement de tous les secretz de ceste chouse qui iouxte mes huy a estée tousiours tenue célée ; translatés de l'italien en langue françoyse par Maistre Claudius Popelyn. *Paris, Librairie internationale*, 1861, in-4, broché.

Cet ouvrage est orné de 41 planches hors texte, représentant 107 figures.

612. PIOT (Eugène). Le Cabinet de l'amateur. Années 1861 et 1862. *Paris, Firmin-Didot frères*, 1863, gr. in-8, demi-rel. mar. bleu, tête dor., non rogné.

Collection complète.

613. PLANCHE (Gustave). Portraits d'artistes. Peintres et sculpteurs. *Paris, Michel Lévy freres*, 1853, 2 vol. — Etudes sur l'école française (1831-1852). Peinture et sculpture. *Ibid., id.*, 1855, 2 vol. — Portraits littéraires. Tome II. *Paris, Charpentier*, 1848. — Ens. 5 vol. in-12, brochés.

614. PROCÈS-VERBAUX de l'Académie royale de peinture et de sculpture, 1648-1793, publiés pour la Société de l'histoire de l'art français, d'après les registres originaux conservés à l'Ecole des beaux-arts, par M. Anatole de Montaiglon. *Paris, J. Baur Charavay et J. Schemit*, 1875-1909, 11 vol., dont un de table, in-8, brochés.

615. RENOUVIER (Jules). Histoire de l'art pendant la Révolution considéré principalement dans les estampes. Ouvrage posthume de Jules Renouvier, suivi d'une étude du même sur J.-B. Greuze, avec une notice biographique et une table par M. Anatole de Montaiglon. *Paris, Vve J. Renouard*, 1863, 2 vol. in-8, brochés.

616. RENOUVIER (Jules). Des gravures en bois dans les livres d'Anthoine Vérard. 1485-1512. *Paris, Aubry*, 1859. — Jehan de Paris, valet de chambre et peintre ordinaire des rois Charles

VIII et Louis XII. *Ibid., id.*, 1861. — Des gravures sur bois dans les livres de Simon Vostre, libraire-d'heures. *Ibid., id.*, 1862. — Des portraits d'auteurs dans les livres du XVe siècle. *Ibid., id.*, 1863. — Ens. 4 plaquettes in-8.

Plaquettes tirées à petit nombre et imprimées sur papier vergé.

617. RIBEYRE (Félix). Cham. Sa vie et son œuvre. Eau-forte de Le Rat, d'après Yvon ; héliogravure d'après Gustave Doré ; fac-simile d'aquarelles et de dessins. *Paris, Plon, Nourrit et Cie*, 1884, in-12, broché.

Un des 5 exemplaires (n° 2) imprimés sur PAPIER DE HOLLANDE.

618. ROBERT (Elias), sculpteur. Recueil de 53 photographies, d'après les œuvres de cet artiste, collées sur bristol en 1 vol. gr. in-4, cartonn., toile rouge.

Le recueil est précédé d'une liste des travaux qui n'ont pu, vu leur situation, être reproduits par la photographie (1 f.).
Le dos de la reliure est cassé.

619. ROGER-BALLU. Les Dessins du siècle. *Paris, Baschet et Gillot, s. d.*, in-fol., en feuilles, dans un carton.

Reproduction, en photogravure par Gillot, de 60 dessins de l'Exposition des dessins de l'école moderne.

620. SALONS. Collection des livrets des anciennes expositions depuis 1673 jusqu'en 1800. *Paris, Liepmannssohn et Dufour*, 1869-1873, 43 vol., dont 1 de table. — EXPLICATION des ouvrages de peinture et dessins, sculpture, architecture et gravure, des artistes vivants, de 1801 à 1882. *Paris*, 1801-1882, 57 vol. — Ens. 100 vol. in-12, brochés.

On y a joint : Livrets des expositions de l'Académie de Saint Luc à Paris pendant les années 1751 à 1753, 1762, 1764 et 1774. — Livret de l'exposition du Colisée, 1776. — Livret de l'exposition faite en 1673 dans la cour du Palais Royal. — Notes et documents inédits sur les expositions du XVIIIe siècle, recueillis et mis en ordre par J.-J. Guiffrey. *Paris*, 1852-1875, 4 vol. in-12, brochés.

621. SALONS. Explication des peintures, sculptures et autres ouvrages de Messieurs de l'Académie royale. Années 1748, 1761, 1765, 1767, 1769, 1775, 1777, 1779, 1781, 1783, 1785, 1787, 1789, 1791, 1793 et 1819. *Paris*, 1748-1819, 16 vol. in-12.

On y a joint : EXPLICATION des peintures, sculptures et autres ouvrages de Messieurs de l'Académie de Saint-Luc, 1774. — COYPEL (?) ou LECOMTE (?). Jugements sur les principaux ouvrages exposés au Louvre le 27 août 1751. — NOTICE de précieux tableaux, recueillis à Venise, Florence, Naples, Turin et Bologne, exposés dans le grand salon du Musée, ouvert le 27 thermidor an XI. — Ens. 3 plaquettes.

622. SALONS. Catalogues illustrés du salon de peinture et de sculpture, de 1879 à 1896 inclus. *Paris, Baschet*, 1879-1896, 20 vol., dont 2 de supplément, cartonnés et brochés.

On y a joint : 1° Catalogue illustré de la Société nationale des beaux-arts (Salon du Champ de Mars), 1890 à 1892 et 1895. *Paris*, 1890-1895, 4 vol. cartonnés ; — 2° Annuaire illustré des beaux-arts. Catalogue illustré de l'exposition nationale. 1883. *Paris, Baschet*, 1883, 1 vol. cartonné ; — 3° Bournand (François). Paris-Salon, 1887. 1887, 2 vol. in-8, br., contenant 111 gravures et vignettes ; — 4° Bernard (E). Le Salon, illustré par les principaux artistes, peintres et sculpteurs. 1882, in-12, broché ; — 5° Mourgues frères. Livret illustré du Salon, contenant environ 350 reproductions. 1882, in-12, broché.

623. SALONS. Exposition des beaux-arts (Salons de 1880 à 1882), comprenant de nombreuses planches en photogravure par Goupil et Cie, de nombreux dessins hors texte, d'après les originaux des artistes, etc., etc., avec le concours littéraire de MM. D. Bernard, J.-K. Huysmans, V. Champier, Catulle Mendès, etc., etc. *Paris, Baschet*, 1880-1882, 3 vol. gr. in-8, brochés.

On y a joint : Le Salon-Artiste, années 1881-1882 ; albums de dessins originaux d'après les œuvres exposées. *Paris, Quantin*, 1881-1882, 2 vol. gr. in-8, brochés (Exemplaires imprimés sur papier de Hollande).

624. SALONS. Réunion de 5 vol. in-12, cart. demi-toile bleue, citron et verte, ébarbés.

Goncourt (Ed. et J. de). Salon de 1852. Peinture, dessins, sculpture, gravure, lithographie. *Paris, Lévy*, 1852. — Gruyn (Alph.). Salon de 1852. *Paris, Panckoucke*, 1852. — Du Camp (Maxime). Salons de 1857, 1859 et 1861. *Paris*, 1857-1861, 3 vol.

625. SIRET (Adolphe). Dictionnaire historique des peintres de toutes les écoles depuis l'origine de la peinture jusqu'à nos jours. Deuxième édition revue, corrigée et considérablement augmentée. *Paris, Lacroix, Verboeckhoven et Cie*, 1866, in-8, broché.

626. SOCIÉTÉ D'AQUARELLISTES FRANÇAIS. Catalogues illustrés des 8 premières expositions. *Paris, Imp. de D. Jouaust*, 1879-1886. 8 plaquettes gr. in 8, brochées.

627. SOCIÉTÉ DE L'HISTOIRE DE L'ART FRANÇAIS (Publications de la). *Paris, Baur, Charavay et Schemit*, 1874-1910, 8 vol. in-8, brochés.

Alfassa (Paul). L'Enseigne de Gersaint. — Cochin (Ch.-N.). Mémoires sur le comte de Caylus, Bouchardon, les Slodtz, publiés par M. Charles Henry. — Dupont (Pierre). La Stromatourgie. Documents relatifs à la fabrication des tapis de Turquie en France au XVIIe siècle. — État-civil d'artistes français. Billets d'enterrement ou de décès depuis 1823 jusqu'à nos jours, réunis et publiés par M. Hubert Lavigne. — ÉTAT-CIVIL des peintres et sculpteurs de l'Académie royale. Billets d'enterrement de 1648 à 1713, publiés par Octave Fidière. — ARTISTES FRANÇAIS des XVIIe et XVIIIe siècles (1681-1787). Extraits des comptes des états de Bretagne, réunis et annotés par le marquis de Granges de Surgères. — FELIBIEN. Mémoires pour servir à l'histoire des maisons royalles et batimens de France. — MONTAIGLON (A. de). Notice sur l'ancienne statue équestre de Louis XIII.

628. SOCIÉTÉ DES AQUAFORTISTES FRANÇAIS. Salons de 1886, 1887 et 1888. *Paris, Lahure et Baschet,* 1886-1888, 3 vol. gr. in-8, en feuilles, dans les cartonnages de publication.

Texte par Clovis Hugues, Paul Guigou, Leconte de Lisle, Ed. Haraucourt, Richepin, A. Silvestre, etc., etc. ; eaux-fortes par Eug. Abot, Paul Huet, Oudard, C. Faivre, Desbrosses, etc., etc.

On y a joint : ALMANACH de la Société des aquafortistes. 1865. Eaux-fortes de G. de Boret ; odelettes et versiculets par Th. de Banville. *Paris,* 1865, in-4, cartonné.

629. THORÉ (T.). Les Salons de 1844, 1845, 1846 et 1847, précédés de lettres à Th. Rousseau, Béranger, George Sand, Firmin Barrion. *Paris,* 1844-1847, 4 vol. in-12, cartonn. demi-toile rouge, ébarbés.

Le premier volume (1844) est orné d'une eau-forte de *Jeanron,* d'après un paysage de *T. Rousseau.*

630. TOUDOUZE (Georges). Henri Rivière, peintre et imagier. *Paris, Floury,* 1907, pet. in-4, broché.

Un des 100 exemplaires (n° 42) imprimés sur PAPIER GRAND VÉLIN DE RIVES, contenant les planches hors texte en deux états.

631. VASARI (Giorgio). Vies des peintres, sculpteurs et architectes, traduites par Léopold Leclanché et commentées par Jeanron et Léopold Leclanché. 121 portraits dessinés par Jeanron et gravés sur acier par Wacquez et Bouquet. *Paris, Just. Tessier,* 1839-1842, 10 vol. in 8, demi rel. chagrin rouge, tr. jasp.

632. VECELLIO (Cesare). Costumes anciens et modernes, précédés d'un essai sur la gravure sur bois par M. Amb. Firmin Didot. *Paris, Didot frères,* 1859-1860, 2 vol. in-8, brochés.

On y a joint : DIDOT (A. Firmin). Essai typographique et bibliographique de la gravure sur bois. *Paris,* 1863, in-8, broché.

633. VIARDOT (Louis). Les Musées d'Europe. Guide et memento de l'artiste et du voyageur. *A Paris, chez Paulin et Le Chevalier,* 1852, 4 vol. in-12, cartonn. demi-toile grise, ébarbés.

Musées d'Allemagne, d'Italie, d'Espagne, d'Angleterre, de Belgique, de Hollande et de Russie.

634. VIOLLET-LE-DUC. Dictionnaire raisonné de l'architecture française, du XIe au XVIe siècle. *Paris, Bance et Morel,* 1854-1868, 10 vol. in-8, cartonn. dos et coins mar. rouge, dos orné, tête dor.. non rognés (*Champs-Stroobants*).

Bel exemplaire.

635. VIOLLET-LE-DUC. Dictionnaire raisonné du mobilier français, de l'époque carlovingienne à la Renaissance. Deuxième édition illustrée de nombreuses gravures sur bois, sur acier et en chromolithographie. *Paris, A. Morel,* 1865-1875, 6 vol. in-8, cartonn. dos et coins mar. vert foncé, tête dor., non rognés (*Champs-Stroobants*).

Bel exemplaire.

636. WINCKELMANN. Histoire de l'art chez les anciens ; traduite de l'allemand par M. Huber. Nouvelle édition revue et corrigée. *A Paris, chez Barrois,* 1789, 3 vol. in-8, demi-rel. mar. grenat, non rognés.

637. YRIARTE (Charles). Goya. Sa biographie, les fresques, les toiles, les tapisseries, les eaux-fortes et le catalogue de l'œuvre, avec cinquante planches inédites d'après les copies de Tabar, Bocourt et Ch. Yriarte. *Paris, Henri Plon,* 1867, in-4, broché.

Les illustrations de l'ouvrage sont gravées sur bois.

On y a joint 10 eaux-fortes dont 9 d'après Goya, tirées de la Gazette des Beaux-Arts. Elles sont gravées par *Jacquemart* (La fille de Goya, avant la lettre), *Hirsch*, *A.-B. Maura*, *Braquemond* (Don Quichotte), *Flameng*, *Hédouin* ; la dixième gravure est un portrait de Goya, gravé par *A. Lalauze*, d'après *Lopez*.

V. — OUVRAGES ANCIENS ET MODERNES RELATIFS A PARIS

638. ATLAS CHOROGRAPHIQUE, historique et portatif des élections du royaume. Généralité de Paris divisée en ses 22 élections, et représentée dans toutes ses parties par autant de cartes particulières, d'une manière chorographique et complète, avec le nombre des paroisses et des feux, la position des villes, des bourgs, villages....., par une société d'ingénieurs, dirigées et données au public par le S. Desnos, accompagnées d'une description..., par l'abbé Regley. *A Paris*, 1763, in-4, demi-rel. chagrin rouge, tr. jasp. (*Rel. mod.*).

Titre gravé, carte générale de France, vue de la statue équestre de Louis XV, par *Desève*, gravée par *Le Charpentier*, et 24 cartes coloriées. On y a joint un titre gravé à la date de 1788.

639. BONNARDOT (A.). Études archéologiques sur les anciens plans de Paris des XVIe, XVIIe et XVIIIe siècles. *Paris, Deflorenne*, 1851. — Dissertations archéologiques sur les anciennes enceintes de Paris, suivies de recherches sur les portes fortifiées qui dépendaient de ces enceintes. *Paris, Dumoulin*, 1852. — Ens. 2 vol. in-4, brochés.

Ces deux ouvrages n'ont été tirés qu'à 200 exemplaires.

640. BONNASSIES (Jules). Les Spectacles forains et la comédie française, eau-forte par Ed. Hédouin. *Dentu*, 1875. — BRAZIER. Histoire des petits théâtres de Paris, depuis leur origine. *Allardin*, 1838, 2 tomes en 1 vol. — FOURNEL (Victor). Les Spectacles populaires et les artistes des rues. *Dentu*, 1863. — Ens. 3 vol. in-12 et in-18, dont 2 brochés et 1 demi-rel. mar. bleu, tête dor., ébarbé.

641. DELVAU (Alfred). Histoire anecdotique des cafés et cabarets de Paris ; avec dessins et eaux-fortes de Gustave Courbet, Leopold Flameng et Félicien Rops. *Paris, E. Dentu*, 1862, in-12, dos et coins mar. orange, tête dor., non rogné, couvert. (*Champs*).

Edition originale.

642. DELVAU (Alfred). Les Cythères parisiennes. Histoire anecdotique des bals de Paris, avec 24 eaux-fortes et un frontispice de Félicien Rops et Emile Thérond. *Paris, E. Dentu*, 1864, in-12, dos et coins mar. orange, tête dor., non rogné, couvert. (*Champs*).

Edition originale.

643. DELVAU (Alfred). Histoire anecdotique des barrières de Paris : avec 10 eaux-fortes par Emile Thérond. *Paris, Dentu*, 1865, in-12, dos et coins mar. orange, tête dor., non rogné couvert. (*Champs*).

Edition originale.

644. DELVAU (Alfred). Les Heures parisiennes. 25 eaux-fortes d'Emile Benassit. *Paris, Librairie centrale*, 1866, in-12, dos et coins mar. orange, tête dor., non rogné, couvert. (*Champs*).

Edition originale.
La figure de Minuit est sans le petit amour.

645. DE VERT (B.-A.-H.). Plan de Paris, réduit géométriquement jusqu'à Saint Cloud ; avec détails historiques de ses agrandissemens et de ses embellissemens, depuis Jules César jusqu'à ce jour. *A Paris, chez Debray*, 1817, in-4, cartonné.

Texte explicatif et historique, accompagné de 4 plans : plan de Saint Denis, du canal de l'Ourq, d'une scie mécanique et du plan du premier pont construit à Paris par le procédé de la scie mécanique.
On y a joint : le plan complet de la ville de Paris en 1844, contenant le nom de toutes les rues, dressé par Andriveau Goujon ; in-fol. collé sur toile et plié, dans un carton (*Publication du Diable à Paris*).

646. DU BREUL (Le R. P. Jacques). Théâtre des antiquitez de Paris, où est traicté de la fondation des églises et chapelles de la cité, université, ville et diocèse de Paris.... *A Paris, chez Claude de La Tour*, 1612, in-4, de plus de 1300 pp., veau brun, tr. rouges (*Rel. anc.*).

Cassures et mouillures, titre remonté.

647. DU CAMP (Maxime). Paris. Ses organes, ses fonctions et sa vie dans la seconde moitié du XIXe siècle. *Paris, Hachette et Cie*, 1875, 6 vol. in-12, demi-rel. chagrin bleu, tête dor., non rognés.

648. DU CAMP (Maxime). Les Convulsions de Paris. *Paris, Hachette et Cie*, 1881, 4 vol. in-12, demi-rel. chagrin rouge, tête dor., non rognés.

649. DUPLESSIS-BERTAUX [Les Métiers de Paris]. *S. l. n. d.* (*Paris, vers 1817*), pet. in-8, oblong, broché.

Suite de 10 eaux-fortes ; épreuves *avant* la lettre.

650. ENVIRONS DE PARIS (Les). Paysage, histoire, monuments, mœurs, chroniques et traditions. Ouvrage rédigé par l'élite de la littérature contemporaine sous la direction de MM. Ch. Nodier et Louis Lurine et illustré de 200 dessins par les artistes les plus distingués. *Paris, P. Boizard et G. Kugelmann, S. d.* (1844). gr. in-8, demi-rel. chagrin vert, tête dor., ébarbé.

Premier tirage.
Nombreuses vignettes dans le texte et 28 planches à part gravées sur bois.

651. ENVIRONS DE PARIS (Les). Paysage. *Paris, P. Boizard et G. Kugelmann, s. d.* (1844). gr. in-8, broché.

Même ouvrage, même tirage.

652. ÉTRANGERS A PARIS (Les), par MM. Louis Desnoyers, J. Janin, Old Nick, Guinot, etc. Illustrations de MM. Gavarni, Th. Frère, H. Emy, Th. Guérin, Ed. Frère. *Paris, Ch. Warée, s. d.* (1844), in-8, cartonn. dos et coins mar. bleu, tr. dor. (*Champs*).

Premier tirage.

653. FORGEAIS (Arthur). Notice sur des plombs historiés, trouvés dans la Seine. *Paris, chez l'auteur*, 1858, 1 vol. — Collection de plombs historiés trouvés dans la Seine. *Ibid., id.*, 1862-1866, 5 vol. — Numismatique des corporations parisiennes, métiers, etc., d'après les plombs historiés trouvés dans la Seine. *Ibid., id.*, 1874, 1 vol. — Blasons et chevaliers du moyen âge d'après les plombs historiés trouvés dans la Seine. *Ibid., id.*, 1877, 1 plaquette. — Priapées, d'après les plombs historiés trouvés dans la Seine. *S. l. n. d.*, 1 plaquette. — Ens. 7 vol. et 2 plaquettes in-8, brochés.

Nombreuses figures dans le texte gravées sur bois.

654. FOURNIER (Edouard). Enigmes des rues de Paris. *Paris, Dentu*, 1860. — Histoire du Pont-Neuf. *Ibid., id.*, 1862, 2 vol. — Corneille à la butte Saint-Roch, comédie en un acte, en vers. *Ibid., id.*, 1862. — Chroniques et légendes des rues de Paris

Ibid., id., 1864. — Paris démoli. Deuxième édition revue et augmentée, avec une préface par Théophile Gautier. *Paris, Aug. Aubry*, 1855. — Ens. 6 vol. in-12, dont 5 brochés et 1 demi-rel. chagrin La Vall., tête dor., ébarbé.

Éditions originales, sauf *Paris démoli.*

655. FRANKLIN (Alfred). Histoire de la bibliothèque Mazarine depuis sa fondation jusqu'à nos jours. *Paris, Aubry*, 1860. — Recherches historiques sur le collège des Quatre-Nations. *Ibid., id.*, 1862. — Recherches sur la bibliothèque publique de l'église Notre Dame de Paris au XIIIe siècle. *Ibid., id.*, 1863. — Recherches sur la bibliothèque de la Faculté de médecine de Paris. *Ibid., id.*, 1864. — Histoire de la bibliothèque de l'abbaye de Saint Victor à Paris. *Ibid., id.*, 1865. — La Sorbonne. Ses origines, sa bibliothèque. Les débuts de l'imprimerie à Paris et la succession de Richelieu. *Paris, Willem*, 1875. — Précis de l'histoire de la Bibliothèque du Roi, aujourd'hui Bibliothèque Nationale. *Ibid., id.*, 1875. — Ens. 7 vol. pet. in-8, dos et coins mar. bleu, tête dor., non rognés, couvert. (*Rousselle*).

Ouvrages tirés à petit nombre.

656. HUART (Louis). Muséum parisien. Histoire physiologique, pittoresque, philosophique et grotesque de toutes les bêtes curieuses de Paris et de la banlieue, pour faire suite à toutes les éditions des œuvres de M. de Buffon. Texte par M. Louis Huart. 350 vignettes par MM. Grandville, Gavarni, Daumier, Traviès, Lecurieux et Henri Monnier. *Paris, Beauger et Cie*, 1841, gr. in-8, cartonn., dos et coins mar. grenat, tr. dor. (*Champs*).

Premier tirage.

657. HUYSMANS (J.-K.). La Bièvre. Les Gobelins. Saint-Séverin. *Paris, Société de propagation des livres d'art*, 1901, gr. in-8, dos et coins mar. La Vall., tête dor., non rogné (*Couvert.*).

Illustrations de *A. Lepère.*

658. LABORDE (Le Cte de). Le Palais Mazarin et les grandes habitations de ville et de campagne au dix-septième siècle. *Paris, chez A. Franck*, 1846, gr. in-8, figures, dos et coins mar. vert à longs grains, filet, dos orné, tr. dor., couverture (*Champs*).

Exemplaire renfermant les *Notes* (pages 121 à 408) tirées à petit nombre et qui manquent souvent.

659. LA GRANDE VILLE. Nouveau tableau de Paris, comique, critique et philosophique par MM. Paul de Kock, Balzac, Dumas, Soulié, Gozlan, Briffault, Ourliac, E. Guinot, H. Monnier,

etc. Illustrations de Gavarni, Victor Adam, Daumier, d'Aubigny, H. Emy, Traviès, Boulanger, Henri Monnier et Thénot. *Paris, Marescq*, 1844, 2 vol. gr. in-8, dos et coins mar. bleu, tête dor., non rognés, couvert. (*Champs*).

Premier tirage.

Bel exemplaire avec des titres à la date de 1844, tirage absolument semblable aux exemplaires de 1842.

Les couvertures sont doublées.

660. LE MAIRE. Paris ancien et nouveau. Ouvrage très curieux, où l'on voit la fondation, les accroissemens, le nombre des habitans, et des maisons de cette grande ville. Avec une description nouvelle de ce qu'il y a de plus remarquable dans toutes les églises, communautez, et collèges ; dans les palais, hôtels, et maisons particulières ; dans les rues et dans les places publiques. *A Paris, chez Th. Girard*, 1685, 3 vol. in-12, demi-rel. veau marb., tr. marb. (*Rel. mod.*).

661. LE ROUX DE LINCY. Histoire de l'hôtel de ville de Paris, suivie d'un essai sur l'ancien gouvernement municipal de cette ville. Ouvrage orné de huit planches dessinées et gravées sur acier par Victor Calliat. *Paris, chez J.-B. Dumoulin*, 1846, 2 parties en 1 vol. in-4. cartonn. demi-toile verte, ébarbé.

662. MÉNAGIER DE PARIS (Le), traité de morale et d'économie domestique. composé vers 1393 par un bourgeois parisien... Publié pour la première fois par la Société des bibliophiles françois. *A Paris, de l'Imp. de Crapelet*, 1846, 2 vol. in-8, brochés.

Publication recherchée, précédée d'une introduction du Bon Pichon.

663. MERCIER. Tableau de Paris. Nouvelle édition corrigée et augmentée. *A Amsterdam*, 1782-1788, 12 vol. pet. in-8, cartonn., dos et coins mar. grenat, tête dor. (*Champs*).

Cet exemplaire renferme la suite du frontispice et de 95 figures à l'eau-forte, dessinées et gravées par *Dunker*.

On y joint : Mercier (Séb.). Paris pendant la Révolution (1789-1798) ou le Nouveau Paris. Nouvelle édition, annotée, avec une introduction. *Paris, Poulet-Malassis*, 1862, 2 vol. in-12, cartonn., dos et coins mar. grenat, tête dor., non rognés (*Champs*).

664. MÉRIAN. Plans de Paris en 1620 et en 1654. *S. l. n. d.*, in-fol., cartonné.

2 plans gravés avec table des noms de rues et principaux monuments.

665. MONUMENTS DE PARIS (Ouvrages relatifs aux). 6 vol. et plaquettes in-8 et in-12, dont 1 dos et coins chagrin violet et 5 brochés.

Boué (Mme G.). Les Buttes-Chaumont. Notice historique et descriptive.

Paris, 1867. — Eglises de Paris (Les), par Eug. d'Auriac, l'abbé Faudet, P. Tremolière, Ed. Gourdon, etc., avec 20 gravures sur acier. *Curmer, Martinet et Mathieu*, 1843. — Favre (Louis). Le Luxembourg. Récits et confidences sur un vieux palais. *Ollendorff*, 1882. — Ferry (H.). L'Obélisque de Louxor. Traduction littérale des inscriptions hiéroglyphiques. *Bossat*, 1868. — Le Roux de Lincy. Recherches historiques sur la Chute et la reconstruction du Pont Notre-Dame à Paris. *S. l.*, 1845. — Notice historique sur le palais des Tuileries. *Vinchon*, 1849. — Verdot (J.-M.). L'Hôtel de Carnavalet. Notice historique. *Aubry*, 1865.

666. PARIS (Ouvrages relatifs à). 3 vol. in-12, veau marb., tr. rouges (*Rel. anc.*).

Curiosités de l'église de Notre-Dame de Paris, avec l'explication des tableaux qui ont été donnés par le corps des orfèvres. *A Paris, chez Gueffier*, 1753. — Du Bois de Saint-Gelais. Description des tableaux du Palais-Royal, avec la vie des peintres à la tête de leurs ouvrages. *A Paris, chez d'Houry*, 1737. — Montjoye (l'Abbé de). Description historique des curiosités de l'Église de Paris. *A Paris, chez Gueffier*, 1763.

667. PARIS (Ouvrages relatifs à). 5 vol. in-12, dont 1 cartonn. demi-toile bleue, et 4 brochés.

Cousin (Jules). Les Cafés de Paris en 1772 (Extrait de la Revue de poche 1867). — La Fizelière (A. de). Vins à la mode et cabarets au xviiie siècle. Frontispice par Max. Lalanne. *Pincebourde*, 1866. — Montorgueil (G.) Les parisiennes d'à présent. Illustrations de Henry Boutet. *Floury*, 1897. — Roqueplan (Nestor). La Vie parisienne. *Lecou*, 1853. — Vie parisienne (La) sous Louis XVI. *Calmann-Lévy*, 1882.

668. PARIS (Ouvrages relatifs à). 9 vol. et plaquettes in-8 et in-12, dont 8 brochés et 1 demi-rel. mar. rouge.

Carrosses (Les) à cinq sols, ou les omnibus du xviie siècle. *Didot*, 1828. — Catalogue officiel des produits de l'industrie française admis à l'exposition publique dans le carré des fêtes aux Champs-Elysées, 1839. — Heuzey (Ferd.). Curiosités de la cité de Paris. Histoire étymologique de ses rues nouvelles, anciennes ou supprimées. *Dentu*, 1864. — Jacob (P. Lacroix). Paris ridicule et burlesque au xviie siècle. *Delahays*, 1863. — Journal du siège de Paris en 1590, rédigé par un des assiégés, précédé d'une étude sur les mœurs et coutumes des parisiens au xvie siècle par Alfred Franklin. *Willem*, 1876. — Maillard (F.). Les Publications de la rue pendant le Siège et la Commune. Bibliographie pittoresque et anecdotique. *Aubry*, 1874. — Maillard (F.). Le Gibet de Montfaucon (Étude sur le vieux Paris). *Aubry*, 1863. — Guillebert de Metz. Description de la ville de Paris au xve siècle. *Aubry*, 1855. — Noms des curieux de Paris, avec leur demeure et la qualité de leur curiosité, 1673. *Jouaust*, 1866.

669. PARIS A L'EAU-FORTE. Actualité, curiosité, fantaisie. De l'origine, avril 1873 à mars 1874. *Paris, R. Lesclide*, 1873-1874, 3 vol. gr. in-8, brochés.

Eaux-fortes tirées sur Chine et collées dans le texte.

670. PARIS-GUIDE, par les principaux écrivains et artistes de la

France. *Paris, Librairie internationale. A. Lacroix, Verboeckhoven et Cie, à Bruxelles*, 1867, 2 parties en 8 vol. in-12, brochés.

Exemplaire imprimé sur PAPIER DE HOLLANDE, contenant les figures tirées sur PAPIER DE CHINE.

671. PARIS ILLUSTRÉ, publication mensuelle : de l'origine 1883 au 17 septembre 1887. *Paris*, 1883-1887, 5 années en fascicules in-fol. dans des cartons.

672. PARIS QUI S'EN VA et Paris qui vient. *Paris, A. Cadart, s. d.* (1859), in-fol., cartonn. toile bleue, non rogné.

Texte par A. Delvau, A. Houssaye, Th. Gautier, etc.
Frontispice et 26 vues gravées à l'eau-forte par *Léopold Flameng*.

673. PARIS VIVANT. Le Journal, par Clovis Hugues, avec une préface de Henri Bouchot. — Le Théâtre par Francisque Sarcey. *Paris, Société artistique du livre illustré*, 1890-1893, 2 vol. in-8, brochés dans des étuis.

Exemplaires imprimés sur papier vélin du Marais.
Ouvrages ornés de vignettes et eaux-fortes par *Gérardin, Lepère, L. Tinayre*, etc.

674. PRIVAT D'ANGLEMONT (A.). Paris anecdote, avec une préface et des notes par Charles Monselet. Edition illustrée de 50 dessins à la plume par J. Belon, et d'un portrait de Privat d'Anglemont, gravé à l'eau-forte par R. de Los Rios. *Paris, P. Rouquette*, 1885, in-8, broché.

Première édition illustrée.

675. PRIVAT D'ANGLEMONT (A.). Paris inconnu, avec une étude sur la vie de l'auteur par Alfred Delvau, 63 dessins à la plume par F. Coindre. *Paris, P. Rouquette*, 1886, in-8, broché.

Première édition illustrée.

676. REGISTRE CRIMINEL du Châtelet de Paris, du 6 septembre 1389 au 18 mai 1392, publié pour la première fois par la Société des bibliophiles françois. *A Paris, Imp. Lahure*, 1861-1864, 2 vol. in-8, brochés.

677. RUES DE PARIS (Les). Paris ancien et moderne. Origine, histoire, monuments, costumes, mœurs, chroniques et traditions. Ouvrage rédigé par l'élite de la littérature contemporaine sous la direction de Louis Lurine et illustré de 300 dessins exécutés par les artistes les plus distingués. *Paris, G. Kugelmann*,

1844, 2 vol. gr. in-8, cartonn., dos et coins mar. La Vall., tête dor., non rognés (*Champs*).

PREMIER TIRAGE.

Exemplaire auquel on a ajouté 106 planches gravées sur bois, la plupart coloriées, des *Français peints par eux-mêmes*.

678. THIÉRY (Luc-Vincent). Guide des amateurs et des étrangers voyageurs à Paris, ou description raisonnée de cette ville, de sa banlieue, et de tout ce qu'elles contiennent de remarquable. *A Paris, chez Hardouin et Gattey*, 1787, 2 vol. in-12, bas. marb., tr. rouges (*Rel. anc.*).

Orné de 12 vues gravées par *Jourdan*, d'après *Thiéry*.

679. THIÉRY (Luc Vincent). Dessins à l'aquarelle par Luc Vincent Thiéry. Album in-4, cartonn. toile bleue.

Recueil de 201 aquarelles originales de L.-V. Thiéry de Sainte-Colombe ; elles représentent : le vestibule des Tuileries, la corbeille de mariage de Mme la Cesse de Tascher en 1811, des ornements, une vue de l'attaque du Pont de Neuilly par le Cte d'Artois, vue du parc de Mortefontaine, Mme Parrasse nourrissant son enfant, divers projets de décorations, vue de la route de Fontainebleau et des fontaines de Juvisy, diverses copies de paysages, vues de jardins, monuments de Paris et des environs dont quelques-uns ont disparu depuis, etc., etc., quelques aquarelles représentant des costumes et coiffures, des vues de ports de mer, vues de Grèce, etc., etc.

L'auteur de ces aquarelles, né à Paris en 1734, est l'auteur de l'ouvrage catalogué sous le no précédent.

Au début du recueil se trouvent les armes de la maison de Floissel.

680. TYPES DE PARIS (Les). Texte par Ed. de Goncourt, Alph. Daudet, Emile Zola, Henry Greville, Guy de Maupassant, etc., etc. Dessins de J.-François Raffaëlli. *Paris, E. Plon, Nourrit et Cie, s. d.*, in-4, veau fauve, fil. à froid, plats ornés de personnages gravés en pyrogravure et coloriés, non rogné.

681. ZEILLER, MERIAN. Vues de Paris, vers 1650, in-fol. cartonné.

Réunion de 88 vues de Paris sur 76 planches ; églises, palais, hôtels, places, etc.

Parmi ces vues 4 sont d'*Israël Silvestre* et 2 de *Callot* ; elles sont remontées.

VI. — OUVRAGES ANCIENS ET MODERNES

RELATIFS A LA BEAUCE AUX DÉPARTEMENTS DE SEINE-ET-OISE SEINE-ET-MARNE, EURE-ET-LOIR, LOIRET

682. ALMANACH des volontaires nationaux d'Orléans, contenant un état nominatif des chefs, officiers, bas-officiers et volontaires composant la milice nationale d'Orléans, et celle de Beaugency, qui lui est affiliée, suivi d'un extrait de l'ordonnance des places, terminé par le règlement fait par MM. les volontaires. *A Orléans, chez Jacob-Sion*. 1790, pet. in-8 de 160 pag., demi-rel. veau fauve, tr. jasp.

La dédicace à MM. les officiers généraux d'Orléans est signée : de Saint-Julien, serg. four. de la 3e comp. et Jacob-Sion, serg. de la 4e comp.

683. ANNALES de la Société historique et archéologique du Gatinais. De l'origine 1883 à 1910 inclus. *Fontainebleau*, 1883-1910, 28 vol. in-8, brochés.

Les années 1907 à 1910 sont en fascicules.

On y a joint : Documents publiés par la Société historique et archéologique du Gatinais. *Paris*, 1875-1904, 7 vol. in-8 ; en voici le détail : Correspondance d'Odet de Coligny. — Les séjours des rois de France dans le Gatinais (481-1789). — Cartulaire de N.-D. d'Etampes. — Inventaire sommaire des archives de la ville de Montargis. — Recueil des chartes de l'abbaye de Saint-Benoit-sur-Loire.

684. ARRÊTS de la Cour de Parlement, du Conseil d'Etat et Edits du roi, publiés de 1625 à 1786, relatifs à la ville d'Etampes. 9 pièces in-4 et in-12.

Règlement de la dîme du vin des paroisses d'Etrechy et Chauffour, arrêt annulant une sentence des élus d'Etampes, relative aux arquebusiers de la dite ville, arrêt portant homologation d'une sentence du siège de la police d'Etampes, concernant l'ordre et la tranquillité publique, édit portant suppression des tabellionnages et notariats des bailliages unis d'Etampes et de La Ferté-Alais, arrêt portant règlement pour l'administration de la fabrique de la paroisse de Saint-Basile d'Etampes, arrêt relatif au mesurage des grains qui se vendent dans les marchés d'Etampes, etc., etc.

685. BARON (Pierre). La prise d'Etampes, poème latin inédit de Pierre Baron, maire de la ville en 1652, traduit en français, avec le texte en regard et des notes, et précédé d'une notice biographique sur l'auteur par Paul Pinson. *Paris, L. Willem,* 1869, in-12, dos et coins mar. rouge, non rogné.

Un des 3 exemplaires imprimés sur PEAU DE VÉLIN.

686. BARRÉ (Frédéric). Chansons de vingt ans. *Paris, Marpon,* 1865. — De l'art en France. *Etampes,* 1866. — Rimes d'escolier. *Paris, Marpon,* 1867. — Poésies pour Alceste. *Paris, Lemerre,* 1869. — Ens, 4 vol. in-18, brochés.

EDITIONS ORIGINALES.

687. BEAUCE (Ouvrages relatifs à la). 9 vol. et plaquettes in-8, brochés.

ASTROLOGUE (L') de la Beauce et du Perche pour les années 1866, 1869, 1870 et 1876. *Chartres,* 1866-1876, 4 vol. — FAUGÈRES (Léonard). Le Curé de village citoyen, ou discours patriotique prononcé dans l'église paroissiale de Blandy-en-Beauce. *Paris, an II.* — LABORDE (M. de). Vaillot, son domestique et les chercheurs de Sancheville. *Etampes, s. d.* — LECOCQ (Ad.). Glanes beauceronnes. *Chartres,* 1870. — LECOCQ (Ad.). Chroniques, légendes, curiosités et biographies beauceronnes. *Chartres,* 1867. — RÉVOLTE arrivée en Beauce à cinq lieues de Chartres. Fureur contre les magistrats, 1789. — TASSIN. Plans et profilz des principales villes de la province de Beaulce. *S. l. n. d.,* 18 cartes et plans.

688. BEAUCE (Opuscules relatifs à la). 10 plaquettes in-8.

CAVALCADE historique représentant l'entrée du Roi Henri IV dans la ville de Chartres, lorsqu'il vint s'y faire sacrer roi de France, 1860. — COUDRAY-MAUNIER. Histoire de la bande d'Orgères. 1858. — COUDRAY-MAUNIER. La Bête d'Orléans, légende beauceronne. 1859. — JOURDAIN (A.). Le Chansonnier Morainville. 1861. — LECOCQ (Ad.). Empiriques, somnambules et rebouteurs beaucerons, 1862. — LECOCQ (Ad.). Les loups dans la Beauce. *Id.* 1860. — LÉPINOIS (E. de). Notice sur Claude Rabet, poète chartrain du XVIe siècle, 1861. — RELATION du siège de Prague par les Autrichiens en 1742. 1863. — ROYALLE ENTRÉE (La) du roy et de la royne, en la ville de Chartres, avec les magnificences et cérémonies qui s'y sont observées le jeudy 26 septembre. 1864. — VILLENEUVE. L'Agriculture dans la Beauce en l'an II. 1859.

Toutes ces plaquettes ont été tirées à petit nombre.

689. BONNET (J.-Charles). Le Village de Croissy-sur-Seine sous

l'ancien régime et pendant la Révolution, d'après les pièces authentiques. Première partie. Les Seigneurs. *Angers*, 1894, in-8, broché.

Ouvrage tiré à petit nombre.

On y joint : du même auteur : Chanorier, dernier seigneur de Croissy. La Fédération, l'émigration et Brumaire. *Saint-Germain-en-Laye*, 1889, brochure in-8.

690. CARTES ET VUES. 29 pièces de divers formats.

Vues de Blois, Etampes, Chartres, Corbeil, Tours, Orléans, etc., par Johann Peeters, Mérian et autres; cartes du duché de Berri, du diocèse de Paris, de la Beauce, de l'isle de France, etc., etc.; plans de Chartres, Orléans.

691. CHARTRES (Ouvrages relatifs à). 5 vol. et plaquettes in-8 et in-12, brochés.

Ayzac (Mme F. d'). Les Statues du porche septentrional de Chartres.... *Paris, Leleux*, 1849. — Doublet de Boisthibault. Les Vœux des Hurons et des Abnaquis à Notre-Dame de Chartres. *Chartres*, 1857. — Roullier. Nicolas Bonnet, évêque constitutionnel de Chartres. *Nogent-le-Rotrou, s. d.* — Roullier. Le Chapitre de la Cathédrale de Chartres. *S. l. n. d.* — Sablon (Vincent). Histoire de l'auguste et vénérable église de Chartres, dédiée par les anciens druides à une vierge qui devoit enfanter. *Chartres*, 1865.

692. COUSTUMES des païs, comte et bailliage du grand Perche et des autres terres et seigneuries, régies et gouvernees selō iceux, rédigées et arrestées au mois de juillet 1558, par ordre du Roy. *A Paris, pour Jean Dallier*, 1560, pet. in-8, de 100 ff., parchemin vert.

Exemplaire fatigué.

693. DELESCORNAY (Jacques). Mémoires de la ville de Dourdan recueillis par Jacques Delescornay, conseiller du roy et son advocat au mesme lieu. *A Paris, chez Bertrand-Martin*, 1624, pet. in-8, veau marb., fil., dos orné, tr. rouges (*Rel. mod.*).

Exemplaire bien conservé.

694. DES FREUZ (R.). Brieve response aux quatre execrables articles cōtre la saincte Messe, escrits par un autheur incogneu, et publiez à la foire de Guibray. Faicte en latin par René des Freuz, chartrain, religieux de l'ordre S. Benoist...., par luy traduite en françois. Reveuë et corrigée par l'autheur. *A Paris, chez Guillaume Chaudière*, 1566, pet. in-8, de 8 ff. dont le dernier blanc, non relié.

695. DOYEN. Histoire de la ville de Chartres, du pays chartrain

et de la Beauce. *A Chartres, de l'Imp. de Deshayes, et se trouve à Paris, chez Regnault,* 1786, 2 vol. in-8, brochés.

Exemplaire non rogné.

696. DREUX DU RADIER. Eloges historiques des hommes illustres du Thimerais. *Chartres,* 1859 (papier vergé). — Guénet (J.-B.-M.). Eloge historique de Michel-Philippe Bouvart. *Paris, Quillau,* 1787. — Letartre. Henri-Lubin-Adelphe Chasles, maire de Chartres, député. 1830-1848. *Chartres,* 1868. — Ens. 3 vol. et plaquettes in-8 et in-12, brochés.

697. DUBRETON. Histoire du siège d'Orléans et de la Pucelle Jeane, mise en nostre langue par le Sr Dubreton. *A Paris, chez Jaques Villery,* 1631, in-8, parch. (*Rel. anc.*).

Rare.
Mouillures.

698. EDICT du Roy sur la réduction de la ville d'Orléans en son obéissance. *A Paris, par Federic Morel,* 1594, pet. in-8, de 23 pp., cartonné.

699. ETAMPES (Opuscules relatifs à). Réunion de 8 plaquettes in-8.

Baron (Pierre). La prise d'Etampes, poème latin inédit, traduit en français avec des notes, par Paul Pinson. *Paris, Willem,* 1869 (Un des 17 exempl. sur Chine). — Hémard (René). Un disciple de Montaigne. fragments inédits, publiés par Paul Pinson. *Paris, Aubry,* 1868. — Hémard de Danjouan (Cl.-Ch.). Le chien du pêcheur ou le barbet des cordeliers d'Estampes, poème héroï-comique, précédé d'une notice sur l'auteur par Paul Pinson. *Paris, Willem,* 1875 (Un des 10 exempl. sur papier de Chine). — Moreau et Sewrin. Le Comédien d'Etampes, comédie en un acte, mêlée de couplets. *Paris, Vente,* 1822. — Nouville (Ad.). Une Rencontre, prologue en un acte en vers. *Etampes,* 1852. — Rebière (G.). Contes et apologues de Léon Riffard. *Etampes,* 1887. — Rocquet. La Triade ou les martyrs d'Estampes, poème publié par Léon Marquis. *Etampes,* 1874. — Trois Fables à l'occasion d'un procès du vivant de La Fontaine. Etude littéraire. *Etampes,* 1872.

700. ETAMPES (Ouvrages relatifs à). 8 plaquettes in-4 et in-8. dont 5 cartonn. demi-toile, et 3 brochés.

Bourgeois (Dr J.). Quelques recherches sur le port d'Etampes. *Etampes,* 1860. — Dramard (E.). Notice historique sur l'origine de la ville d'Etampes. *Paris,* 1855. — Fouchères (B. de). Tablettes historiques d'Etampes et de ses environs. *Etampes,* 1876. — Legrand (Max.). Estampes ou Etampes. Stampae, ville de France dans la Beauce avec le titre de duché. *Etampes,* 1895. — Marquis (Léon). Notice historique sur le chateau féodal d'Etampes. *Paris,* 1867. — Marquis (Léon). Etampes, la ville et les environs. Monuments et ruines, plans, vues et promenades. 30 croquis dessinés et autographiés. *Etampes,* 1873. —

Saint-Paul (Anthyme). Notre-Dame d'Etampes. *Paris*, 1884, 4 planches. — Statue de Étienne Geoffroy-Saint-Hilaire à Etampes (Texte par Jomard, Reynaud, Eug. Magne, G. Valchère, etc.). *Paris*, 1857.

701. ETAMPES (Opuscules relatifs à). Réunion de 12 brochures in-4, in-8 et in-12.

Etude biographique sur l'abbé Desforges, par Paul Pinson, catalogue des œuvres et notice sur A.-J. Magne, architecte, né à Etampes, notes sur les Valory, discours prononcés à des distributions de prix, Etampes à table, dissertations culinaires par maître Aloysius Gaster, pétition des cultivateurs, propriétaires de moutons mérinos (1829), extrait des registres du bureau de l'Hôtel-Dieu d'Etampes (1785), etc., etc.

702. ETAMPES (Plaquettes relatives aux environs d'). 12 plaquettes in-8 et in-12.

Description du château et du parc de Méréville. *Paris*, 1835. — Grésy (E.). Notice sur un carrelage émaillé du XIIIe siècle découvert près de Milly, 1861. — Inauguration du monument élevé en l'honneur de Tessier à Angerville en 1876 ; notices, discours, banquets, etc., 4 plaquettes. — Usages locaux reconnus et suivis dans le canton d'Etampes. *Etampes*, 1863. — Menault. Biographies des hommes remarquables d'Angerville la Gate. *Paris*, 1859. — Marquis (Léon). La Tour de Cenive, poème suivi de notes sur les antiquités de la vallée de Chalo-St-Mard. *Paris*, 1870. — Lebeuf (L'Abbé). Extraits. Mauchamp, Chamarante, Lardy, Torfou. *Etampes*, 1881. — Laborde (A. de). Description du parc de Méréville. *Paris*, 1870.

703. EURE-ET-LOIR (Ouvrages relatifs au département d'). 6 vol. et plaquettes in-4, in-8, in-12 et in-16, dont 1 cartonné vélin blanc et 5 brochés.

Coudray (L.-D.). Défense de Châteaudun dans la journée du 18 octobre 1870. *Paris, Dentu*, 1871. — La Vallée et Brion. Voyages dans les départements de la France. Département de l'Eure-et-Loir. *Paris*, 1793, carte et 4 vues gravées à la manière du lavis. — Lefèvre (Ed.). Documents historiques et statistiques sur les communes du canton de Janville, arrondissement de Chartres. *Chartres*, 1876-1877, 2 vol. — Marc (Victor). Histoire des guerres du Puiset et des principaux événements qui s'y sont passés depuis l'année 1109 jusqu'en 1118 inclusivement. *Orléans*, 1841. — Procès-Verbal contenant tout ce qui s'est faict et passé dans l'assemblée générale faicte à Chartres, pour députer aux Etats Généraux, avec le rapport faict au roy et à la reine Régente par les deputez de la noblesse, du pais chartrain. *A Paris, de l'imp. de Mathieu Colombel*, 1651, 16 pp.

704. FLEUREAU (R.P.D. Basile). Les Antiquitez de la ville et du duché d'Estampes, avec l'histoire de l'abbaye de Morigny, et plusieurs remarques considérables qui regardent l'histoire générale de France. *A Paris, chez Jean-Baptiste Coignard*, 1863, in-4, veau brun, tr. rouges (*Rel. anc.*).

On y a joint 4 vues d'Etampes, dont 2 par *Chastillon* et 2 par *Johan Peeters*.

Signature Desligneris sur le titre.

705. GARNIER (J.-M.). Histoire de l'imagerie populaire et des cartes à jouer à Chartres, suivie de recherches sur le commerce du colportage des complaintes, canards et chansons des rues. *Chartres, Imp. de Garnier,* 1869, pet. in-8, broché.

Ouvrage orné de reproductions hors texte et dans le texte.

706. GUYON (Symphorien). Histoire de l'église et diocèse, ville et université d'Orléans. *A Orléans, chez Claude et Jacques Borde,* 1650, 2 parties en 1 vol. in-fol. vélin, tr. rouges (*Rel. anc.*).

A la suite : Catalogue des bénéfices du diocèse d'Orléans. Les feuillets de table sont remargés.

707. GUYOT (Joseph). Chronique d'une ancienne ville royale. Dourdan, capitale du Hurepoix. *A Paris, chez Aug. Bry,* 1869, in-8, broché.

Ouvrage tiré à petit nombre, orné d'une carte et de vues hors texte. On y a joint : une vue du château de Dourdan, par *Chatillon,* une vue des ruines de Dourdan et un portrait de Buffy par *Isabey,* gravé par *Courbé.*

708. HERLUISON (H.-H.). Artistes orléanais, peintres, graveurs, sculpteurs, architectes. Liste sous forme alphabétique des personnages nés pour la plupart dans la province de l'Orléanais, suivie de documents inédits. — Recherches sur les imprimeurs et libraires d'Orléans. Recueil de documents pour servir à l'histoire de la typographie et de la librairie orléanaise, depuis le XIVe siècle, jusqu'à nos jours. *Orléans, Herluison,* 1863-1868, 2 vol. — NOTICE sur Antoine Masson, graveur orléanais (Loury, 1636 - Paris, 1700). Suivie du catalogue de l'œuvre de Masson et d'un document inédit. *Ibid., id.,* 1866. — Ens. 3 vol. in-8, brochés.

709. HISTOIRE (L') et discours au vray du siège qui fut mis devant la ville d'Orléans, par les anglois, le mardy XII jour d'octobre M. CCCC. XXVII, régnant alors Charles VII, roy de France. Contenant toutes les saillies, assauts, escarmouches et autres particularitez notables, qui de jour en jour y furent faictes : avec la venue de Jeanne la Pucelle, et comment par grâce divine et force d'armes elle feist lever le siège de devant aux anglois. *A Orléans, chez Olyvier Boynard et Jean Nyon,* 1606. 4 ff. prélim. et 216 pp. — MASSON (Jean). Histoire mémorable de la vie de Jeanne d'Arc appellée la Pucelle d'Orléans. Extraite des interrogatoires et responces à iceux, contenus au procès de sa condamnation : et des dépositions de 112 temoins ouys pour sa justification en vertu des bulles du pape Calixte III en l'an 1455. *A Paris, chez*

P. Chevalier, 1612. 14 ff. prélim. et 144 p. — Ens. 2 ouv. en 1 vol. in-8 vélin blanc à recouv. (*Rel. mod.*).

Le second ouvrage est court de marges.

710. HUBERT (R.). Antiquitez historiques de l'église royale Saint-Aignan d'Orléans. *A Orléans, chez Gilles Hotot*, 1661, 2 parties en 1 vol. in-4, vélin (*Rel. anc.*).

La seconde partie renferme les preuves.

Le titre est orné d'une vue de l'église de Saint-Aignan, gravée par *Isaac Durant*.

Planche hors texte représentant Saint-Aignan.

711. LA BARRE (Jean de). Les Antiquitez de la ville, comté et chatelenie de Corbeil ; de la recherche de M. Jean de la Barre, cy-devant prévost de Corbeil. *A Paris, chez Nicolas et Jean de la Coste*, 1647, in-4, veau brun, tr. marb. (*Rel. anc.*).

Vue de Corbeil par *Johan Peters* ajoutée.

712. LAMY (Marc-Antoine). Coutumes des baillage et prevosté du duché d'Estampes, commentées. *A Paris, chez Charpentier*, 1720, pet. in-8, demi-rel. bas. marb., tr. jasp. (*Rel. mod.*).

On y a joint : les années 1895, 1897, 1898, 1900, 1901, 1903 et 1904, de l'Annuaire de la ville et de l'arrondissement d'Etampes. 7 vol. in-12, brochés.

713. LA ROQUE (Louis de) et BARTHÉLEMY (Édouard de). Catalogue des gentilshommes de l'Orléanais, Blaisois, Beauce et Vendomois, de l'isle de France, Soissonnais, Valois, Vermandois, qui ont pris part ou envoyé leur procuration aux assemblées de la noblesse pour l'élection des députés aux Etats Généraux de 1789. — Catalogue de la noblesse des colonies et des familles anoblies ou titrées sous l'Empire, la Restauration et le gouvernement de juillet. *Paris, Dentu et Aubry*, 1864-1865, 4 plaquettes gr. in-8.

714. LECLAIR (P.). Histoire des brigands, chauffeurs et assassins d'Orgères. *A Chartres*, an VIII. — Propos (Les) que le roy a tenuz à Chartres aux députez de sa Cour de Parlement de Paris, le 28 de may. *A Paris, Jouxte la copie de Pierre L'Huillier*, 1588, 13pp. — Thiers. La Sauce-Robert, ou avis salutaires à Mre Jean Robert, grand archidiacre de Chartres. *S. l. n. d.* (*Paris*, 1679). Le titre manque. — Ens. 2 vol. in-8, dont 1 cartonné et 1 rel. veau fauve, et 1 plaquette in-12.

715. LEGRAND (Maxime) et MARQUIS (Léon). 1789. Les trois états du bailliage d'Etampes aux états généraux. Historique, délibérations, rédactions de cahiers, biographies, etc., d'après

les documents originaux. *Etampes, Lucien Brière*, 1892-1898, 2 vol. pet. in-8, brochés.

Un des 10 exemplaires (nº 7) imprimés sur PAPIER DU JAPON ; il est au nom de M. Eug. Jacob.

716. LEGRAND (Maxime). Etampes pittoresque. Guide du promeneur dans la ville et l'arrondissement. Texte par M. Maxime Legrand, avec le concours de MM. Léon Marquis, René Ravault. Orné de 84 dessins et gravures dans le texte et hors texte par M. René Ravault. *Etampes, L. Brière*, 1897-1907, 4 vol. in-8, en feuilles.

Exemplaire imprimé sur PAPIER DU JAPON.

717. LE MAIRE. Histoire et antiquitez de la ville et duché d'Orléans avec les vies des roys, ducs, comtes, vicomtes, gouverneurs, etc., augmentée des antiquitez des villes dépendantes du chastelet et bailliage d'Orléans, plus les généalogies des nobles, illustres et doctes orléanois.... Ensemble le tome ecclésiastique, contenant la fondation et nombre des églises et monastères, histoires et vies des évesques d'Orléans. *A Orléans, par Maria Paris*, 1648. 3 parties en 1 vol. in-fol., carte, bas. fauve, tr. jasp. (*Rel. mod.*).

On y a ajouté : un plan d'Orléans, une vue d'Orléans par *Johan Peeters*, une vue du château de Beaugency par *Chastillon* et une carte du duché d'Orléans.

718. LOIRET (Ouvrages relatifs au). 15 vol. et plaquettes in-8 et in-12, dont 2 rel., les autres brochés.

APPARITION merveilleuse de trois phantosmes dans la forest de Montargis à un bourgeois de la même ville. *Paris*, 1649. — BELLIER DE LA CHAVIGNERIE. Chroniques de Saint-Mathurin de Larchant en Gastinais. *Pithiviers*, 1863. — BIBLE DES NOELS (La Grande). *Orléans*, 1866. — BOUCHER (Aug.). Combat d'Orléans. 11 octobre 1870. — BOULLET (Dʳ). Sully, son château, son ancienne baronnie et ses seigneurs. *Orléans*, 1869. — JOUSSE. Détail historique de la ville d'Orléans. *Orléans*, 1752. — LA VALLÉE ET BRION. Voyage dans les départements de la France. Département du Loiret. *Paris*, 1793, carte et 4 vues gravées à la manière du lavis. — TORQUAT (Em. de). Histoire de la baronnie de Chevilly. *Orléans*, 1869, etc., etc.

719. MARQUIS (Léon). Les Rues d'Etampes et ses monuments. Histoire, archéologie, chronique, géographie, biographie et bibliographie ; avec documents inédits, plans, cartes et figures pouvant servir de supplément et d'éclaircissements aux antiquités de la ville et du duché d'Etampes, de Dom Basile Fleureau. *Etampes, Brière*, 1881, in-8, broché.

Ouvrage tiré à petit nombre et imprimé sur PAPIER DE HOLLANDE.

720. MENAULT (E.). Essais historiques sur les villages royaux, seigneuriaux et monacaux de la Beauce. Angerville la Gate (village royal). — Morigny, son abbaye, sa chronique et son cartulaire, suivis de l'histoire du doyenné d'Etampes. *Paris, A. Aubry*, 1859-1867, 2 vol. in-8, brochés.

Le second volume est imprimé sur PAPIER DE HOLLANDE.
On y a joint : une carte de la Beauce gravée par Hugues Picard vers 1635 et une vue du château de Janville, d'après *Chastillon*.
Envois autographes de l'auteur.

721. MIRACULEUSE RÉSURRECTION d'un enfant venu mort au monde qui a reçeu vie en l'église de Nostre-Dame de Bonne Nouvelle en Gastinois, le 13 septembre 1620. Le tout suyvant l'approbation y contenue tant du prieur et curé de ladicte église, que de plusieurs notables personnes présentes à ladicte resurrection. *A Lyon, chez Claude Armand, dit Alphonce*, 1620, pet. in-8, de 13 pp. et 1 f. blanc, demi-rel. mar. brun.

Exemplaire bien conservé d'une pièce rare.

722. MONT-ROND (Maxime de). Essais historiques sur la ville d'Etampes (Seine-et-Oise), avec des planches, des notes et des pièces justificatives. *Etampes, Fortin*, 1836-1837, 2 vol. in 8, demi-rel. mar. rouge, tête dor., non rognés.

Ouvrage orné de 4 vues lithographiées et d'une planche de monnaies.
On y a ajouté : 4 portraits par *Delorme, Moreau, Tardieu*, etc., une vue de l'église d'Angerville et une copie manuscrite d'un article intitulé : Une excursion aux environs d'Etampes, paru dans l'*Abeille* d'Etampes.

723. MORIN (Dom Guillaume). Histoire générale des pays du Gastinois, Senonois et Hurpois, contenant la description des antiquitez des villes, bourgs, chasteaux, abbayes, églises et maisons nobles desdits pays, avec les généalogies des seigneurs et familles qui en despendent. *A Paris, chez la Vve Pierre Chevalier*, 1630, in-4, veau brun, tr. marb. (*Rel. anc.*).

Exemplaire auquel on a ajouté 4 vues par *Chastillon* et 1 par *Israel Henriet*.
D'après une note manuscrite qui se trouve sur le titre, ce volume n'aurait été tiré qu'à 200 exemplaires.

724. ORDRE DES CÉRÉMONIES (L') du sacre et couronnement du tres-chrestien roy de France et de Navarre Henry quatriesme du nom, faict en l'eglise de Nostre Dame de la ville de Chartres, le dimanche 27 de février 1594. *A Lyon, par Guichard Jullieron et Thibaud Ancelin*, 1594, pet. in-8, de 48 pp., cartonn. toile blanche.

Tous les feuillets sont remargés.
Portrait de Henri IV, gravé par *Marcenay de Ghuy*.

725. OZERAY (Michel-Jean-François). Histoire générale, civile et religieuse de la cité des Carnutes, et du pays chartrain, vulgairement appelé la Beauce, depuis la première migration des Gaulois jusqu'à l'année de J.-C., 1697, époque de la dernière scission de notre territoire par l'établissement du diocèse de Blois. *Chartres. Garnier fils.* 1834, 2 vol. in-8, veau rouge, fil., dos orné, tr. dor. (*Ch. Blaise*).

Reliure de l'époque.

726. PINSON (Paul). Bibliographie d'Etampes et de l'arrondissement, ou catalogue par ordre alphabétique de noms d'auteurs et d'anonymes des documents imprimés, cartes et plans relatifs aux villes, bourgs, villages, etc., etc., avec des notes bibliographiques et littéraires. *Etampes et Paris*, 1910, in-8, papier de Hollande, broché.

On y a joint : Pinson (Paul). Essai de bibliographie étampoise, avec notes historiques, biographiques et littéraires. *Paris, Willem*, 1873, in-8, papier de Hollande, broché.

727. RATOUIS DE LIMAY (Paul). Un amateur orléanais au XVIIIe siècle. Aignan-Thomas Desfriches (1715-1800). Sa vie, son œuvre, ses collections, sa correspondance. Lettres du duc de Chabot, de Cochin, Descamps, Mgr. de Grimaldi, etc. Préface du Marquis de Chennevières. *Paris, H. Champion*, 1907, gr. in-8, broché.

Ouvrage orné de 15 phototypies hors texte et d'une héliogravure, suivi d'un essai de catalogue de l'œuvre peint, dessiné et gravé de Desfriches, par André Jarry.

728. ROULLIARD (Sébastian). Parthénie ou histoire de la très-auguste et très-dévote église de Chartres : dédiée par les vieux druides en l'honneur de la vierge qui enfanteroit ; avec ce qui s'est passé de plus mémorable, au faict de la seigneurie tant spirituelle que temporelle, de la dicte église, ville et païs chartrain. *A Paris, chez Rolin Thierry et Pierre Chevalier*, 1609, 2 parties en 1 vol. in-8, vélin blanc (*Rel. anc.*).

Exemplaire bien conservé, contenant le frontispice gravé.

729. ROULLIARD (Sébastian). Parthénie, ou histoire de la très-auguste et très-dévote église de Chartres ; dédiée par les vieux druides, en l'honneur de la vierge qui enfanteroit ; avec ce qui s'est passé de plus mémorable, au faict de la seigneurie, tant spirituelle que temporelle, de la dicte église, ville et païs chartrain. *A Paris, chez Rolin Thierry et Pierre Chevalier*, 1609, 2 parties en 1 vol. in-8, veau fauve, dos orné, tr. rouges (*Rel. anc.*).

Sans le frontispice.

730. ROULLIARD (Sebastien). Histoire de Melun, contenant plusieurs raretez notables et non descouvertes en l'histoire générale de France, plus la vie de Bourchard, comte de Melun, soubs le règne de Hues Capet, traduicte du latin d'un autheur du temps. Ensemble la vie de messire Jacques Amyot... avec le catalogue des seigneurs et dames illustres, de la maison de Melun. Le tout recueilly de diverses chroniques et chartes manuscriptes, par M. Sebastian Roullard. *A Paris, chez Guillaume Loyson*, 1628, in-4, portrait, veau marb., dos orné, tr. rouges (*Rel. anc.*).

On y a ajouté une vue de Melun par *Chastillon.*

731. SALIN (Patrice). L'Église de Saint-Sulpice de Favières. Notice accompagnée de 8 planches gravées à l'eau-forte et de 6 reproductions lithophotographiques des inscriptions et des pierres tombales. *A Paris, chez Adrien Le Clère et Cie*, 1865, gr. in-8, broché.

732. SALIN (Patrice). Notice sur Chilly-Mazarin. Le château. L'église. Le village. Le maréchal d'Effiat. Notice accompagnée d'appendices, de notes biographiques, historiques et géographiques, de fac-simile de Moncornet, Chastillon, Perelle. Reproduction de dalles funéraires et six eaux-fortes par Karl Fichot. *Paris, Adrien Le Clere*, 1867, gr. in-8, broché.

733. SEINE-ET-OISE (Opuscules relatifs au département de). 5 plaquettes in-8 et in-12, dont 2 cartonnés et 3 brochés.

Asmodée. La Marmite aux lois. Monographie de l'Assemblée de Versailles, 1871-1873. *Paris*, 1873. — Cocheris (H.). Dictionnaire des anciens noms des communes du département de Seine-et-Oise. *Versailles*, 1874. — Dramard. La Disette de 1789 à 1792 jusqu'à la loi du maximum. *Versailles*, 1872. — Victor Duruy, candidat sénatorial de Seine-et-Oise, 1876. — Brion et La Vallée. Voyage dans les départements de France. Département de Seine-et-Oise. *Paris*, 1792, 3 vues gravées à la manière du lavis.

734. SIÈGE D'ÉTAMPES, 1652, 8 plaquettes in-4, non rel. et cartonn.

Grand Jubilé (Le) universel de l'année saincte 1650, naguères publié à Rome, 1650, 8 pp. — Lettre du Roy, envoyée à Mgr. le mareschal de l'Hospital, sur ce qui s'est passé entre les deux armées és environs d'Estampes. *Paris*, 1652, 8 pp. — Lettre de M. le comte de Tavannes à Mgr. le duc d'Orléans sur la trahison des allemans, descouverte par les habitans de la ville d'Estampes le 27 jour de may 1652, *Paisr*, 1652, 7 pp. — Levée du siège de la ville d'Estampes, avec la défaite des troupes commandées par le maréchal de Turenne dans le fauxbourg de la dite ville. *Paris*, 1652, 8 pp. — Particularitez du second combat donné entre l'armée de S. A. R. commandée par MM. les comte de Tavannes et baron de Clinchamp, et l'armée commandée par le mareschal de Turenne, devant la ville d'Estampes, le 29 may 1652. *Paris*,

1652, 8 pp. — RELATION véritable contenant le grand combat donné entre les troupes de S. A. R., et celles du C. M. à l'attaque d'Estampes. *Paris*, 1652, 8 pp. — RELATION véritable de ce qui s'est passé à la levée du siège d'Estampes. *Paris*, 1652, 8 pp. — TROISIÉSME COMBAT (Le), donné le trentième may, jour de la feste Dieu devant la ville d'Estampes entre les troupes de S. A. R., commandées par le comte de Tavannes et le baron de Cliuchamp, et celles du maréschal d'Hoquincourt, de Broglio et de Chil. *Paris*, 1652, 8 pp.

735. SILVY. Relation concernant les évènemens qui sont arrivés à Thomas Martin, laboureur à Gallardon, en Beauce, dans les premiers mois de 1816. Nouvelle édition, revue et augmentée, etc. Par M. S***, ancien magistrat. *Paris, L.-F. Hivert*, 1839, in-8, veau fauve. fil., tr. marb. (*Trautz-Bauzonnet*).

Relation des diverses apparitions et événements qui sont arrivés à Thomas Martin, du 15 janvier 1816 au 30 août 1830.

On a joint une lettre autographe de Thomas Martin, une lettre de sa sœur Marguerite et deux relations manuscrites sur des apparitions semblables.

736. TASSIN. Plans et profilz des principales villes de la province de Beaulce, avec la carte générale et les particulières de chascun gouvernement d'icelles. 18 cartes et plans. — Plans et profilz des principales villes de la province de l'isle de France..... 18 cartes et plans. — Plans et profilz des principales villes qui sont sur la rivière de Loire..... 17 cartes et plans. *S. l.*, 1644 — 3 vol. in-4 oblong, cartonn. demi-toile bleue.

737. TESSIER. Instruction sur les bêtes à laine et particulièrement sur la race des mérinos, contenant la manière de former de bons troupeaux, de les multiplier et soigner convenablement en santé et en maladie. *A Paris, de l'Imp. impériale*. 1810. — Observations sur plusieurs maladies de bestiaux, telles que la maladie rouge et la maladie du sang, qui attaquent les bêtes à laine, et celles que cause aux bêtes à cornes et aux chevaux la construction vicieuse des étables et des écuries. *A Paris, chez la veuve Hérissant*, 1782. — Ens. 2 vol. in-8. demi-rel. mar. vert, tête dor., ébarbés (*Amand*).

738. YVES, evesque de Chartres. Epistre touchant le sacre des roys de France. *A Lyon, par Claude Morillon*, 1594, in-8, de 14 pp., cartonné.

Les feuillets sont remargés.

VII. — BIBLIOGRAPHIE, IMPRIMERIE, ETC.

739. ASSELINEAU (Charles). Mélanges tirés d'une petite bibliothèque romantique. Bibliographie anecdotique et pittoresque des éditions originales des œuvres de Victor Hugo, Alex. Dumas, Th. Gautier, Petrus Borel, A. de Vigny, Prosper Mérimée, etc., etc. ; illustrés d'un frontispice à l'eau-forte de C. Nanteuil, et de vers de MM. Th. de Banville et Charles Baudelaire, *Paris, chez René Pincebourde*. 1866, in-8, broché.

Portrait d'Asselineau, par *Flameng*, tiré sur Chine, ajouté.

740. BÉRALDI (Henri). Bibliothèque d'un bibliophile. 1865-1885. *Lille. Imp. Danel*. 1885, pet. in-8, broché.

Catalogue anecdotique de la première collection de M. Eugène Paillet, tiré à très petit nombre sur PAPIER DE HOLLANDE.

741. BÉRALDI (Henri). Estampes et livres. 1872-1892. *Paris, L. Conquet*, 1892, in-4. cartonn. dos et coins mar. olive, dos orné et mosaïqué, tête dor.. non rogné, couverture (*Champs*).

Catalogue de la collection de M. H. Béraldi, orné de 43 planches en chromotypographie et en héliogravure, reproductions de reliures des XVIIIe et XIXe siècles.

742. BIBLIOGRAPHIE (Ouvrages relatifs à la). 11 vol. et plaquettes in-8 et in-12, dont 2 demi-rel. mar.. les autres brochés.

BLANCHEMAIN (P.) et DUFOUR (V.). Auguste Aubry. Notices nécrologiques. *Paris, Aubry*, 1878. — FERROUD (A.). Les éditions de la Librairie des amateurs. Mosaïque littéraire par A. France. Léon Hennique. M. Schwob, Th. Gautier, etc. *Paris, Ferroud*, 1896. — DESMARAIS (P.). Préface du catalogue de la bibliothèque Mazarine, rédigée en 1751, publiée par A. Franklin. *Paris, Miard*, 1867. — HARRISSE (Henry). Histoire du chevalier Des Grieux et de Manon Lescaut. Bibliographie et notes pour servir à l'histoire du livre. 1728, 1731, 1753. *Paris, Rouquette*, 1875. — LACROIX (Paul). Les Amateurs de vieux livres. *Paris, Rouveyre*, 1880. — LA FIZELIÈRE (A. de). Rymaille sur les plus célèbres bibliothèques de Paris en 1649. *Paris, Aubry*, 1868 (papier de Hollande). — LE ROUX DE LINCY. La Bibliothèque de Charles d'Orléans à son château de Blois en 1427. *Paris, Didot*, 1843. — MARIUS MICHEL. Essai sur la décoration extérieure des livres. *Paris, Morgand*, 1878. — ROUVEYRE (Ed.). Connaissances nécessaires à un bibliophile. Troisième édition. *Paris, Rouveyre*, 1879-1880, 2 vol. — SIMONNET (J.). Essai sur la vie et les ouvrages de Gabriel Peignot, accompagné de pièces de vers inédites. *Paris, Aubry*, 1863.

743. BONNARDOT (A.). Essai sur l'art de restaurer les estampes et les livres, ou traité sur les meilleurs procédés pour blanchir, détacher, décolorier, réparer et conserver les estampes, livres et dessins. Seconde édition refondue et augmentée..... — De la réparation des vieilles reliures, complément de l'essai sur l'art de restaurer les estampes et les livres. *Paris, chez Castel*, 1858, 2 ouvrages en 1 vol. in-12, demi-rel. chagrin noir, tr. marb.

744. BOUCHOT (Henri). Les Livres à vignettes du XVe au XIXe siècle. — Des Livres modernes qu'il convient d'acquérir. — De la reliure. Exemples à imiter ou à rejeter. — Les Ex-libris et les marques de possession du livre. *Paris, Ed. Rouveyre*. 1891. — Ens. 5 vol. in-12, brochés.

Un des 20 exemplaires (n° 14) imprimés sur PAPIER DU JAPON.

745. BRIVOIS (Jules). Bibliographie des ouvrages illustrés du XIXe siècle, principalement des livres à gravures sur bois. *Paris, Librairie L. Conquet*, 1883, in-8, dos et coins basane bleue foncée, non rogné.

746. BRIVOIS (Jules). Essai de bibliographie des œuvres de M. Alphonse Daudet, avec fragments inédits. *Paris, L. Conquet*, 1895, in-8, broché.

Un des 10 exemplaires (n° 14) imprimés sur PAPIER DE CHINE.

747. BRUNET (Jacques-Charles). Manuel du libraire et de l'amateur de livres. *Paris, Firmin-Didot, frères*, 1860-1864, 6 vol. — SUPPLÉMENT, par MM. P. Deschamps et G. Brunet. *Ibid., id.*, 1878, 2 tomes en 1 vol. — Ens. 7 vol. in-8, demi-rel. chagrin rouge, non rognés.

748. CATALOGUE de livres et manuscrits, la plupart rares et précieux, de faïences anciennes, françaises, italiennes, hollandaises, etc., de tableaux et dessins anciens et modernes, et de

quelques objets d'art provenant du grenier de M. Charles Cousin. *Paris*, 1891, in-4, broché.

Beau catalogue imprimé sur papier du Japon, orné de reproductions hors texte.
Table des prix d'adjudication ajoutée.

749. CATALOGUE des livres de Madame Du Barry, avec les prix, à Versailles, 1771. Reproduction du catalogue manuscrit original avec des notes et une préface par P.-L. Jacob, bibliophile. *Paris, Aug. Fontaine*, 1874, pet. in-12, demi-rel. chagrin rouge, tête dor., non rogné.

Tirage à 100 exemplaires sur papier de Hollande.

750. CATALOGUE des Livres rares et précieux, manuscrits et imprimés, composant la bibliothèque de feu M. le Baron S. de La Roche Lacarelle. *Paris. Porquet*, 1888, in-4, broché.

Très important catalogue.
Exemplaire de l'édition de luxe sur papier de Hollande, contenant le portrait de M. de La Roche Lacarelle, gravé à l'eau-forte par E. Abot et 60 planches de fac-similé ou de reproductions de reliures en noir et en couleurs. On y a joint le fascicule donnant la table alphabétique des noms d'auteurs et des ouvrages anonymes, suivie de la liste des prix d'adjudication.

751. CATALOGUES de ventes de livres. Réunion de 9 catalogues de divers formats, dont 2 reliés, les autres brochés.

Catalogues Tripier (1854), Mallard (1766), Uzanne, Brunox, Conquet, Champfleury, Pichon (3e partie), Goncourt (Livres modernes), Coudert de Saint-Chamant (avec album).

752. CATALOGUE des livres de Marie-Antoinette. Livres du Boudoir de la reine Marie-Antoinette : catalogue authentique et original publié par Louis Lacour. *Paris, Gay* (1862). — Bibliothèque de la reine Marie-Antoinette au petit Trianon, d'après l'inventaire dressé par ordre de la Convention. Catalogue publié par Paul Lacroix. *Ibid., id.*, 1863. — Bibliothèque de la reine Marie-Antoinette au château des Tuileries. Catalogue publié par E. Q. B. (E. Quentin-Bauchart). *Paris, D. Morgand*, 1884. — Ens. 3 vol. in-18, brochés.

753. CURIOSITÉ LITTÉRAIRE ET BIBLIOGRAPHIQUE (La). Articles littéraires. Reproduction, extraits et analyses d'ouvrages curieux, notices de livres rares, anecdotes, etc. *Paris, Is. Liseux*, 1880-1883, 4 vol. in-12, brochés.

754. DIDOT (Amb.-Firmin). Les Estienne (Extrait de la « Nouvelle biographie générale »). — BERNARD (Aug.). Geoffroy Tory, peintre et graveur, premier imprimeur royal. *Paris, Aubry*,

1857. — Laborde (Léon de). Débuts de l'imprimerie à Strasbourg, ou recherches sur les travaux mystérieux de Gutenberg, dans cette ville..... *Paris, Techener*, 1840. — Ens. 3 vol. in-8, dont 1 cartonné et 2 brochés.

755. LIVRE (Le). Revue mensuelle. *Paris, A. Quantin*, 1880-1889, 10 années en 20 vol. gr. in-8, fig., rel., non rognés.

Collection complète de cette importante revue bibliographique dirigée par Octave Uzanne avec la collaboration d'un grand nombre de bibliophiles et amateurs.

Le Livre paraissait mensuellement en fascicules divisés en deux parties : 1° *Bibliographie rétrospective*; 2° *Bibliographie moderne*. La première partie est reliée en 10 vol., dos et coins mar. brun, dos orné, tête dor., non rognés ; la deuxième en 10 vol., dos et coins mar. La Vall., jans., tête dor., non rognés.

Chaque numéro est orné de nombreuses reproductions dans le texte et hors texte ; portraits, reliures, titres, etc., etc.

756. LIVRE ET L'IMAGE (Le), revue documentaire illustrée mensuelle. *Paris, Em. Rondeau*, 1893-1894, 3 vol. in-8, en fascicules, dans des cartons.

Collection complète.

Orné de nombreuses illustrations hors texte et dans le texte par *Crafty, Robida, J. Adeline, Grenier*, etc.

Exemplaire imprimé sur papier vélin.

757. LIVRE (Le). Suivi du catalogue illustré des Editions Edouard Pelletan. *Paris, Edouard Pelletan*, 1896. — Lettre aux bibliophiles. Post-scriptum au « Livre ». *Ibid., id.*, 1896. — Deuxième lettre aux bibliophiles. Du texte et du caractère typographique. *Ibid., id., s. d.*, figures. — Ens. 3 plaquettes, dont 2 gr. in-8 et 1 in-8 carré, brochées.

758. LIVRE MODERNE (Le), revue du monde littéraire et des bibliophiles contemporains, publié par Octave Uzanne. *Paris, Quantin*, 1890-1892, 5 vol. in-8 dont 1 de table, cartonn., dos et coins mar. vert, tête dor., non rognés, couvert. (*Champs*).

Collection complète.

Un des 15 exemplaires (n° 37) imprimés sur papier Whatman, contenant les eaux-fortes hors texte en deux états : avant et avec la lettre.

759. NISARD (Charles). Histoire des livres populaires ou de littérature du colportage depuis l'origine de l'imprimerie jusqu'à l'établissement de la commission d'examen des livres du colportage, 30 novembre 1852. Deuxième édition, revue, corrigée avec soin et considérablement augmentée. *Paris, Dentu*, 1864, 2 vol. in-12, brochés.

Orné de nombreuses gravures sur bois dans le texte.

760. POULET-MALASSIS (A.). Les Ex-libris français depuis leur origine jusqu'à nos jours. Nouvelle édition, revue, très augmentée et ornée de vingt-quatre planches. *Paris, chez P. Rouquette*, 1875, gr. in-8, dans un carton.

Tiré à 350 exemplaires.

On y a joint 35 ex-libris modernes et un ex-libris ancien (Horace Walpole).

761. REVUE BIBLIO-ICONOGRAPHIQUE publiée sous la direction de Pierre Dauze et de Jules Le Petit : de octobre 1895 à mars 1907. *Paris*, 1895-1907, 11 vol. et 3 fascicules gr. in-8, brochés.

762. SOCARD (Alexis) et ASSIER (Alexandre). Livres liturgiques du diocèse de Troyes imprimés au XVe et au XVIe siècle. Ouvrage orné de 86 gravures originales. *Paris, Aubry*, 1863. — Livres populaires. Noëls et cantiques imprimés à Troyes depuis le XVIIe siècle jusqu'à nos jours, avec des notes bibliographiques et biographiques sur les imprimeurs Troyens. Ouvrage orné de 20 gravures originales avec la musique de plusieurs airs. *Ibid., id.*, 1865. — Livres populaires imprimés à Troyes de 1600 à 1800. Hagiographie, ascétisme. Ouvrage orné de 120 gravures tirées avec les bois originaux. *Ibid., id.*, 1864. — Ens. 3 vol. in-8, pap. de Holl., brochés.

ESTAMPES

BAUDOUIN (d'après P.-A.).

763. Les Cerises, par N. Ponce (13). Belle épreuve (epidermure dans l'encadrement).

764. Le Soir, par E. De Ghendt (46). Très belle épreuve.

BRACQUEMOND, DAUBIGNY, HADEN, RIBOT. LEGROS.

765. Sujets divers. Douze pièces. Très belles épreuves.

COROT (J.-O.-C.).

766. Souvenir d'Italie (Loys Delteil 5). Très belle épreuve du 2e état (sur 4).

DEBUCOURT (P.-L.).

767. Qu'as-tu fait? (32). Belle épreuve.

DESRAIS (d'après C.-L.).

768. Le Baiser deviné. — Variétés amusantes ou la courte paille. Deux pièces par Deny, se faisant pendants. Très belles épreuves.

DREVET (Claude).

769. Vintimille (Guil. de), d'après H. Rigaud (D. 14). Belle épreuve (petite epidermure).

ÉCOLES FRANÇAISE ET ANGLAISE (XVIIIe siècle).

770. L'Agréable entretien. — Les Oies du Frère Philippe. — Instruction maternelle. — La Fileuse. — Le Conducteur d'Ours, 5 pl. par Elluin, Laindor, White et Miger. Belles épreuves.

771. *Cecilia overhear'd by young Delville*, par Nutter, d'après Stothard. — La Leçon ennuyeuse, par Boussien. — La Maîtresse d'Ecole. — Les Mangeurs d'huîtres. — Le Marchand de poissons de Dieppe. Cinq pièces. Belles épreuves.

FRAGONARD (Honoré).

772. L'Armoire (P. de B. 2). Belle épreuve *avant* l'adresse de Naudet (jaunie, petites cassures).

FRAGONARD (d'après H.).

773. Le Verrou, par M[ce] Blot. Belle épreuve.

JONGKIND (J.-B.).

774. Vue de la ville de Maaslins (Loys Delteil. 8). Très belle épreuve du 3e état (sur 4).

775. Soleil couchant, Port d'Anvers (15). Très belle épreuve du 2e état (sur 4).

LALLIÉ (d'après).

776. Le Messager Fidèle, par Halbou. Belle épreuve.

MALLET (d'après J.-B.).

777. Les deux Amies à l'Etude, par R. Girard. Belle épreuve.

MANET (Édouard).

778. Les Gitanos (E. M.-N. 2). Très belle épreuve du 3e état (sur 4).

PIERRE (d'après J.-B.-M).

779. Marché aux légumes. — Marché au poisson. Deux pièces par Pelletier, se faisant pendants. Belles épreuves.

QUEVERDO (d'après F.-M.).

780. La Fille surprise, par Patas. Très belle épreuve.

781. Scène du *Déserteur*, par Dambrun. Très belle épreuve.

VISPRÉ.

782. La Liseuse, Belle épreuve.

DESSINS

ÉCOLE ITALIENNE (XVIe et XVIIe siècles).

783. Figures diverses. Six dessins.

PARMESAN (F. Mazuoli, dit le).

784. La Nativité. — Figures diverses. Quatre dessins des collections Joshua Reynolds et Th. Laurence.

DIVERS.

785. Sous ce numéro, il sera vendu par lots, environ 500 gravures anciennes et modernes.

ORDRE DES VACATIONS

PREMIÈRE VACATION. — LUNDI 6 NOVEMBRE 1911.
Nos 1 à 194

DEUXIÈME VACATION. — MARDI 7 NOVEMBRE 1911
Nos 195 à 400

TROSIÈME VACATION. — MERCREDI 8 NOVEMBRE 1911
Nos 401 à 594

QUATRIÈME VACATION. — JEUDI 9 NOVEMBRE 1911
Nos 595 à 785

CHARTRES. — IMPRIMERIE DURAND, RUE FULBERT.

www.ingramcontent.com/pod-product-compliance
Ingram Content Group UK Ltd.
Pitfield, Milton Keynes, MK11 3LW, UK
UKHW020313180726
13839UKWH00001B/457

9 782329 365824